魔幻偵探所

28

謝斐道上的第三個瞬間

關景峰 著

新雅文化事業有限公司
www.sunya.com.hk

魔幻偵探所
人物介紹

南森

身分：魔幻偵探所創辦人、領頭羊

年齡：120歲

畢業學校：斯塔福德學院（伏魔系）

學位：博士

捉妖經驗：108年，獲得「捉妖能手」、「怪獸剋星」等稱號

性格：遇事鎮定、善於思考，生氣時聽到幾句好話氣就消了

最具殺傷力的武器：
顯形粉、細妖繩、無影鋼鐵牆

海倫

身分：魔幻偵探所成員，南森的得力助手

年齡：13歲

畢業學校：劍橋大學（法術系）

學位：學士

捉妖經驗：1年

性格：開朗、逢事觀察細緻，吵架時總讓着本傑明

最具殺傷力的武器：細妖繩、凝固氣流彈

本傑明

身分：魔幻偵探所實習生

年齡：11 歲

就讀學校：牛津大學（捉妖系）

捉妖經驗：3 個月

性格：聰明淘氣、遇事毛躁

最厲害的戰術：非常規戰術

派恩

身分：魔幻偵探所實習生

年齡：10歲

就讀學校：倫敦大學魔法學院
　　　　　（反幽靈技術系）

捉妖經驗：1個月

性格：聰明活潑，非常好勝，有時
候喜歡誇誇其談

保羅

身分：魔幻偵探所機械狗

年齡：100 歲

工作能力：無所不知的電腦資料
庫，善於用百分比分析事物

性格：異想天開、調皮、懶惰

最喜歡的食物：潤滑油

最具殺傷力的武器：追妖導彈

綑妖繩

能夠對準魔怪迅速旋轉收縮，將它綑緊綁實，繩子一旦落到魔怪身上，就像嵌入肉裏，魔怪越掙脫綁得越緊，當然放繩子時可要放得準才行。

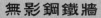

無影鋼鐵牆

這堵牆其實就是氣流，它把氣流變成了無影無形的鋼鐵牆壁，能將敵人困在其中，衝不出去。

顯形粉

這是一種非常神奇的粉末，即使魔怪偽裝、隱形了也完全能顯現出它的原形。對了，「顯形」就是「現出原形」的意思！

裝魔瓶

能把魔怪收進裏面，使其在三天內化成清水的神奇瓶子。即使魔怪身形再龐大，也能收進瓶內。

幽靈雷達

能夠準確測定氣流存在的方位，並及時發出警報的裝置。它能跟蹤、測定魔怪在哪裏。不過，如果魔怪的魔力非常強，幽靈雷達有時候也可能測不到，它的更強大的功能還有待你去改進！

追妖導彈

能夠自動尋找魔怪，進行智能追蹤的導彈，這種導彈威力比較大，一般魔怪根本抵抗不了。

魔幻偵探開始行動！

目錄

麗晶餐廳

序章

—縷陽光斜射進魔幻偵探所的客廳裏，這是一抹夕陽，金黃色的，客廳因此顯得非常的耀眼，暖洋洋的下午就要過去了，南森他們在聊天，話題非常廣泛，保羅懶懶地趴在南森的腳邊，時不時地也插上幾句話。

「……嗨，你們聽過這個故事嗎？」派恩眉飛色舞地説，「晚上，幾隻螢火蟲聚集在一起，大家都在發光，唯獨一隻叫約翰的螢火蟲除外，大家問牠為什麼不發光，你知道約翰説什麼？」

「説什麼？」海倫急忙問，保羅也一副急着想要知道答案的樣子。

「『我上個月沒交電費』。」派恩説着自己先哈哈大笑起來。

海倫和保羅跟着大笑起來，南森也被逗笑了。

「我早就聽過這個故事，一點也不好笑。」本傑明在一邊説。

「那你剛才不説答案？」派恩針鋒相對地説。

　　「因為這個故事很無聊⋯⋯」本傑明有些強詞奪理地説。

　　「鈴鈴鈴──」偵探所的電話忽然急促地響起，大家一起都向電話機座看去。

　　「我去接。」南森站了起來，「感覺應該是找我的。」

　　南森走到桌旁，拿起電話開始通話，大家都看着他。三分鐘後，南森放下電話，走到大家身邊。

　　「我想我們要去一次香港了。」

　　「香港？」幾個孩子都互相看了看，然後一起看着南森。

　　「香港。」南森點了點頭。

第一章　案情通報

十幾個小時後，倫敦飛往香港的維珍大西洋航班上，本傑明手裏拿着一份報告書，報告書是香港魔法師聯合會提供的，上面記錄了一宗兩人死亡的待偵破兇殺案。

「……鬧市的小巷子，一名市民和一名警察身亡……」本傑明看着已經看了兩遍的報告書，「兩名死者均死於急速束縛引起的窒息，兇手使用的手段明顯為魔法手段，警察臨死前開過一槍……」

「這樣看來是魔怪或者巫師作案無疑。」海倫手裏拿着同樣一份報告，「關鍵在這裏，那個警察開過一槍，一定是射向兇手的，但是子彈對魔怪作用不大，對巫師倒是稍有作用……」

「可能就是這一槍，激怒了兇手。」本傑明説，他看了看身邊的南森，然後又看看海倫，「博士一直在睡覺，他好像看了這份報告就掌握情況……」

「誰説我一直在睡覺？」南森説着摘下眼罩，看看本傑明，「剛才吃飯的時候就沒有睡覺。」

「噢，博士，吵到你了。」本傑明很是抱歉地笑了笑。

「沒有，我也該醒了。」南森説着看着前排，「就要見到張了，幾十年沒見了。」

「我知道，這個『張』是香港魔法師聯合會的會長，也是你大學的同學。」海倫搶着説。

「是呀，真想現在就見到他呀。」南森説，「他是一個很誠懇的人，非常熱情，他畢業後在倫敦魔法師聯合會工作了幾年，就回到香港了。」

「噢，你們幾個真有精神，現在是倫敦的半夜吧。」派恩坐在南森的身邊，大家的説話聲吵到了他，自從上了飛機，他就一直在睡。

「這才是真正的懶蟲。」南森指了指派恩，隨後又指了指自己腳邊的保羅，保羅是作為玩具狗登上飛機的，「還有保羅，按説他不用怎麼休息呀。」

「實在無聊呀。」保羅一動不動，但是語音傳來，「我是用我的備用系統在和你説話，我的主要系統正在休眠之中，請勿打擾……」

三小時後，飛機降落在香港國際機場。海倫這幾個小助手都是第一次來香港，因此充滿了好奇，南森則急着想

看到老同學，剛出閘就張望着，他的這位老同學要親自來接。

「南森——南森——」一個老者看到了南森，興奮地舉起了手，「這裏——」

「張——」南森看到了那個老者，兩眼放光，拖着行李箱就走了過去。

兩人都顯得非常激動，擁抱在一起，「張」的身材比南森還要高一些，雖然頭髮和南森一樣灰白，但看上去比實際年齡要年輕很多。

「……終於又見面啦，上次是在斯塔福德的校慶上見面的。」南森拉着老者的手，隨後開始向大家介紹，「我的同學，香港魔法師聯合會的張浩良，張會長……嗨，張，這是我的幾個助手，海倫、本傑明、派恩，保羅……」

「保羅我是見過的。」張浩良會長熱情地和保羅打招呼，他看看海倫，「嗨，海倫，去年《魔法世界》周刊上登了你在看書的照片，當時你戴着眼鏡……」

「我稍微有點近視。」海倫略有不好意思地説，她才見到張會長，就已經感受到了他的熱情。

「那我們走吧，司機在車上等呢。」張會長説，隨後

領着大家向大堂外走去，「先去酒店，我稍微給你們介紹一下案情。飛了十幾個小時，你們一定也都累了。」

「我在飛機上睡得不錯。」南森一邊走一邊說，「我還是想聽一下具體的案情。」

「噢，南森，你一直是這樣。」張會長說道，「再過一百年，你還是這個性格……」

他們來到了位於市中心駱克道上的一家酒店。將南森他們安排在這裏，其實和以往魔幻偵探所出差辦案時居住酒店的位置要求一樣，那就是距離案發地點要近，便於偵辦案件。

南森他們的房間是一個大套房，在酒店的頂樓。安置好各自的行李，海倫他們站在客廳的落地窗前，看着外面的香港美景。

「那邊，那邊就是維多利亞港……」海倫指着遠處，港灣裏行駛的船隻歷歷在目，「好漂亮……」

「那片陸地是九龍。」派恩看了看海倫的地圖，「等抓到那個魔怪，我要去乘遊艇……」

「都放好行李了吧？」南森說着從自己的房間走出來。

海倫立即收起地圖，她當然知道來這裏的目的，派恩

和本傑明轉身走到沙發那裏。張會長就坐在沙發上，看到南森出來，他的表情也變得嚴肅起來。

大家都坐好，張會長在中間位置，他向落地窗那邊看了看。

「案發地點就在前面的謝斐道，和酒店這條路平行相鄰，案發時間是三天前，中午十二點的時候。」張會長説，「案情報告你們都看了吧，兩個死者，全是窒息死亡，脖子上有明顯的纏繞痕跡，我和好幾名魔法師都確認那是蛛絲攻擊痕跡，兇手在極短的時間內射出蛛絲，纏繞住受害人的的脖頸，只要纏那麼一下就行，隨後兇手收回了蛛絲，而受害者一般會在十秒鐘內昏迷，二十秒內就死亡了。」

「這種魔法我們知道，如果兇手是使用蛛絲攻擊……」海倫插話説，「蜘蛛怪、蠶妖都善於使用這種魔法。」

「有些巫師也會。」張會長點點頭，「我明白你的意思，不過僅憑這一手段還不能判斷兇手是何種魔怪或巫師。」

「受害人有一個是市民，有一個是警察。」南森問，「我想知道這兩人互相認識嗎？報告上沒有寫。」

「初步調查不認識，兩個完全不同的人。」張會長說，「那個市民就是住在附近的居民，口碑不好；那警察則是一名優秀警務人員，多次獲獎。」

「報告上說，案發當日，遇害警察和一名同事巡邏，中午十二點，他們在一家超市處理了一個因退貨而引起的小糾紛，然後出了超市來到對面街上，那名同事發現剛才記完筆錄後把筆忘了在超市，叫遇襲警察稍等，自己返回去拿筆。」南森拿着報告說，「那名同事在超市找到筆後正要出門，聽到外面有槍聲，跑出去後沿着槍聲傳來的方向尋找，在一條小巷子裏看到了遇害警察和那名市民都倒在地上，他先是看看同事傷情，然後邊向巷子的另一頭追擊，邊呼叫支援，但是追出去後到了駱克道，什麼都沒有發現……遇害警察的槍掉在他的身邊……報告比較簡單，就這些了？」

「大致就是這樣。」張會長說，「案發第二天我們確定魔怪作案就聯繫你了，所以這份報告不完整，警方的調查記錄也在陸續整理出來，但有價值的發現似乎還沒有。」

「彈頭找到了嗎？」南森問。

「啊，找到了，找到了。」張會長像是想起了什麼，

「子彈射進了牆壁裏，後來被警方取出來了。」

「遇害者脖子上有沒有纏着蛛絲？魔怪有時候射出去的蛛絲並不收回。」

「沒有，兩名遇害者的脖子上都沒有找到蛛絲，我們是根據痕跡及遇害者死亡特徵判斷出來的，絕對是蛛絲攻擊。」

「相信你們的判斷。」南森點點頭，「蛛絲對魔怪來說比較珍貴，使用後他們大都會立即收回……那麼，路面監控拍到什麼了嗎？」

「小巷裏根本就沒有任何監控，所以什麼都沒有拍到。」張會長很是遺憾地說，「雖然謝斐道上的商舖安裝有監控，但是商舖的監控鏡頭沒有覆蓋到巷口那個區域，所以說誰進入了那個巷口，沒有查到，小巷另一端的出口，也就是兇手可能跑出的出口倒是有監控覆蓋到了，但是沒有拍到任何可疑的人，只拍到急匆匆追出來的警察。」

「這倒是複雜了……」南森想了想說，「目擊者找到沒有？」

「沒有，當時是午餐時間，行人很少。只找到隔壁店舖的一個店員，她聽到有爭執聲，但是什麼都沒看見。」

「知道了。」南森點點頭,「現場還是封閉狀態吧?」

「對,整個巷子都封閉起來了,要等你們勘驗完畢才開放。」張會長說,「那條巷子是當地居民的一條比較方便的路,封閉了三天,居民們有些怨言。」

「知道了。」南森看看窗外,天已經暗了下來,「但是今天有些晚了,如果去現場,可能會遺漏什麼,明天一早我們就去勘驗現場。另外,遇害警察的那個同事、聽到爭執聲的店員,請幫我找來,我要做筆錄,還有就是了解那遇害居民的人,也請給我找來。那死者有家人嗎?」

「父母都去世了,有個哥哥和姐姐,但根本不和他來往。」張會長說,「不過我們可以找他的鄰居來,應該比較了解他的情況。」

「很好,那我們準備一下,早點休息,明天有得忙了。」南森說着又向外看了看。

「這次我全程協助你們。」張會長說,「警方也會全力支持你們。」

「你來協助,這可真是太好了。」南森面露喜色,「張,這不會耽誤你的工作?」

「其實……我們平時沒什麼工作可做。」張會長有些

尷尬地説，「香港這樣的大都市，很少有魔怪出現，都市中適合魔怪隱身的地方太少了，所以魔法師也少，魔法偵探更是一個也沒有，你在魔法學院學習後又去學習偵查，我只在本專業內發展，根本處理不了這種案件。」

　　窗外，香港的夜色已經來臨，下班時間到了，馬路上忙碌起來，熙熙攘攘的人們穿行在大街小巷之中。這是一個大都市普通的傍晚，每條街，每段路，似乎都在重複着昨天的故事。而三天前發生過的兇案，在街頭巷尾引發了不小的議論，謝斐道的那條小巷，從兇案發生後，就變得不普通了，這條小巷上發生的「故事」，非常兇殘，南森來的目的，就是要阻止這種「故事」再次發生。

第二章　淡綠血痕

第二天一早，張會長早早地就在酒店大堂裏等南森他們了，南森他們來到大堂，張會長帶着他們走出酒店，走了不到十分鐘，就到了案發地的那條小巷。小巷拉着警戒線，三名警察把守在那裏，南森看了看環境，謝斐道不是很寬，道路兩邊都是連綿的高樓，街面上商舖很多。案發地的小巷，沒有名字，就在兩座大樓之間，外人從那裏走過會不經意地忘掉這樣一條小巷。

魔法偵探們進入到小巷，這條小巷是南北方向，連接了謝斐道和駱克道，案發地點在謝斐道的出入口。大家一進入小巷，就看到地面上有兩個白線描畫的身體外形，一個在裏面，距離巷口有十米，另一個在外面一些，靠近巷口有三米左右。這無疑就是兩名遇害者倒地的地方。

「裏面的那個身體描線是那名居民的，他叫高志勝。」張會長在一邊介紹說，「外面這個是警察林子健的身體描線，一號位置牌是他的配槍掉落的地方，二號標誌牌是彈殼掉落的地方，林子健的配槍有六發子彈，射出了

案發區域位置示意圖

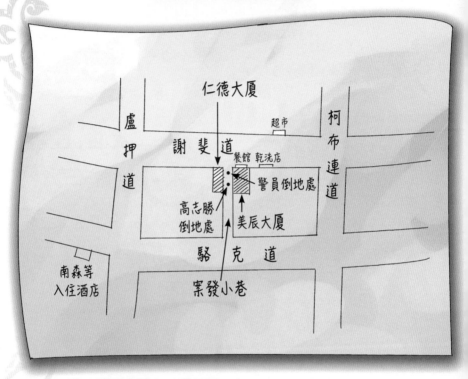

一發，彈匣裏還有五發子彈。」

「如果我猜的沒錯。」南森向前走了幾米，來到高志勝倒地的地方，在那裏的巷壁，距離地面1.5米的地方，有一個不規則的圓形孔洞，旁邊貼着一個位置牌，牌子上顯示的數位是「5」，「這個五號位置牌，是子彈射入的地方？」

22

「沒錯。」張會長點點頭。

「看上去……好像是警察向那個『高』射擊。」海倫站在警察的位置旁，看了看彈孔，「不過兩人都死於窒息，『高』的身體也沒有中過彈。」

「大概是……」南森站在高志勝的位置，「兇手在『高』的身邊，警察的子彈射向的是兇手。」

「對，這樣就解釋得通了。」本傑明說。

「我們可以先這樣判斷。」南森說着看看保羅，「老伙計，把現場整體掃描一遍，任何角落都不能有遺漏。」

「不會的。」保羅一到展示自己能力的時候就很得意，他向後退了兩步，大家立即跟到他身後，保羅的雙眼射出兩道紅線，對着案發現場開始了掃描。

這時，巷口聚集了幾個人，看到南森他們在勘驗，在一邊議論起來，有兩個人還想靠得更近，但被警察攔下。

紅色的掃描線很有條理地照射着案發現場，忽然，保羅不動了，兩道紅色掃描線對着高志勝身邊的一個區域微微顫動，隨後，保羅向前走了幾步，距離那個區域不到兩米停下，眼睛裏射出的紅色掃描線變成了綠色的。

「博士，這裏有問題。」保羅說道，那塊區域並沒有被警方放置標誌牌，「有血塊狀物體，但是這種血塊不是

23

普通人的，是魔怪或巫師的，警方不能識別。」

「這裏嗎？」南森走過來，小心地指着地面，「你標記為紅色了？」

綠色的光柱照射下，幾塊小紅斑非常清晰地呈現在南森眼前，這幾塊小紅斑緊緊地貼在小巷的水泥路面上，有大有小，最大的不過黃豆大小，全部呈現為液體凝結狀態。

「對，我標記為紅色了。」説着，保羅收起了綠色光柱，「你看，不用紅、綠掃描線照射，塊狀物基本呈現淡綠色，是典型的魔怪或巫師的血跡。」

「這麼説遇害警察林子健射中了兇手，子彈穿過兇手的身體，血流在這裏……」南森看着地面説。

「應該是這樣的，不過子彈對魔怪的影響不大，大多魔怪被子彈射中後僅僅是身體被子彈穿過，不會流血，也不受影響。」保羅説。

「少數魔怪也會流血的，而且如果是個巫師，被射穿身體後是一定會滴血的。」南森説着蹲下身子，將那幾片血塊用鑷子很小心地收集到一個透明塑膠袋裏。

「那他是個巫師的可能性就很大了？」派恩在南森身後問。

「這個……」南森想了想，「我剛才説了，某些魔怪也會滴幾滴血的，所以現在還比較難判斷。」

「前面好像還有。」保羅説着向前走了兩米多，然後停下，隨即再次開啟掃描模式，對着前方進行照射，「博士，這裏還有血跡。」

保羅前方半米處，又發現了幾片血跡塊，南森走過來，把這些血跡塊放進另外一個塑膠袋裏。保羅繼續向南掃描，這次他已經行進到駱克道的出入口，這條小巷不寬，不算很長，巷子裏擺着一些雜物，還有多台冷氣外機懸掛在兩側的巷壁上，從巷子的一頭向另一頭望過去，不太容易識別出這是一條能通過的巷子。

保羅掃描了一會，便收起掃描射線，回頭看看南森。

「沒什麼其他發現了。」

「很好。」南森回頭看了看另外幾個小助手，「保羅這邊結束了，我們開始吧。」

幾個小助手答應一聲，大家開始由北向南，用肉眼搜索着一切可疑之處，不過搜索了整條小巷，他們都沒有什麼發現。

這時，兩邊的巷口都開始聚集圍觀的居民，聽説案發地在進行勘驗，有些人還打電話通知鄰居來看，五、六

個記者也試圖進入警戒線內採訪，不過警方及時調派了人手，攔住了這些人。南森看到，在小巷謝斐道的出入口，幾個居民有些激動地對張會長說着什麼，張會長在南森他們一開始勘驗就幫着警察維持着現場秩序，現場儘管圍了不少人，但是秩序還算好。

南森叫保羅把整條小巷裏的景象進行錄影，讓派恩對現場進行最後的清查，隨後走到巷口。張會長看到他，馬上走了過來。

「南森，你要我找的人都找來了。」張會長說，「就在現場進行詢問並筆錄嗎？」

「對，就是現場筆錄。」南森點點頭。

第一個要進行詢問的是遇害警察的同事，南森帶着海倫和本傑明穿過人羣，向小巷斜對面的超市走去，那裏是這名警察聽到槍聲的地方。站在謝斐道上圍觀的人羣看到南森出來，都好奇地盯着他，幾個記者還對着南森拍照。

「你剛才和他們說什麼呢？」南森問張會長。

「哎呀，這裏的街坊，說小巷封鎖了好幾天，他們進出都不方便了，很不滿意呢。」張會長無奈地說，「我只能做些解釋工作。」

「這段路上只有這一條小巷嗎？」南森問。

「是的。這裏一封鎖，小巷兩側大廈的居民出行就要走到盧押道或柯布連道上去，才能到駱克道。這條路他們走了幾十年了，現在當然覺得不方便，尤其是那些老人家。」

南森來到超市門口，幾個警察在他身邊維持着秩序，遇害警察的同事已經等在那裏了，他大概二十多歲，身穿警服，相貌英俊，但是神色比較猶豫。

「你好，請問可以説英文嗎？」南森走過去，伸出了手。

「你好，我可以説英文。」那個警察先敬禮，隨後伸手和南森握了握，「我是PC85719黎文良。」

「好，我是魔幻偵探所的南森。」南森説着指了指海倫和本傑明，「海倫、本傑明，我的助手。」

黎警員對海倫和本傑明點點頭，海倫他們也對他笑笑。

「你同事遇害的情況我們都清楚了，現在想了解一下當時的情況。」南森直接進入了正題，「當時你要拿回自己的筆，返回了這家超市，你的拍檔在什麼地方等你？」

「對面的乾洗店門口。」黎警員指着街對面説。

南森看過去，街對面正是一間乾洗店，和超市門對

門。海倫連忙在一邊記錄。

「你在超市里聽到槍聲的？」南森又問，「説説當時的情況。」

「是，先生。」黎警員立即説，「當時我拿回筆，剛要出門，聽到了槍聲，便立即衝出超市，看到街對面我的拍檔不見了，而槍聲則從他右側的小巷子裏傳出來，我意識到出事了，立刻跑向那條巷子……我犯錯了，我們應該一直在一起的，可是我想只是返回去拿一下筆，很快的，沒想到……」

「嗯，明白，很多事發確實很突然。」南森點點頭，隨後指了指巷口，「從巷口那裏……噢，這裏看不見巷子裏發生的事……謝斐道上巷口附近區域是正常的，對嗎？」

「是的，先生，事情是發生在巷子裏的，我所在的這個位置完全不知道裏面發生了什麼。」黎警員説，「我過馬路後衝進了巷子，看見我的拍檔倒在地上，前面還躺着一個人，我摸了一下他的脈搏，基本沒有了……」

説到這裏，黎警員低下了頭，樣子很是悲哀，彷彿回到了那悲慘的時刻。

「除了兩個倒地的人，小巷裏還有其他人嗎？或是説

你看見了兇手的背影了嗎？」南森過了幾秒，緩緩地問。

「沒有，除了他倆，空無一人，巷子裏有些雜物，但是我多次走過這條巷子，對地形比較熟悉，當時巷子裏確實沒有其他人，我衝到駱克道後，也沒有發現可疑的人。」

「小巷一直通向駱克道，從巷口到駱克道有一百多米。」南森若有所思地説，「你聽到槍聲就立即衝過去，殺害警察的行為一定在槍響以後，但是你衝過去後，仍沒有看見兇手，小巷兩側是牆壁，要逃走只有從駱克道出入口逃出去……速度很快呀。」

「是的，先生，他的速度一定非常快，連背影都沒看到。」

「當天巡邏，你們發現這條道上有什麼異常嗎？」

「沒有，一切都正常。」

「如果我這樣假設……」南森看看黎警員，「你返回超市後，你的拍檔在等你，這時小巷裏發生了異常，被他聽到或看到了，於是他衝過去，由於不明的原因遇害。你是警察，你認為這樣的假設成立嗎？」

「其實……」黎警員點點頭，「我和我的同事們都是這樣判斷的，只是不知道小巷裏發生了什麼，據説是魔怪

作案，這我們警察就很難偵辦了。」

　　「很好，謝謝你。」南森說，「我們會盡力的，給你的拍檔一個交待。」

　　「謝謝，先生。」黎警員立正，又敬了一個禮。

第三章　現場還原

接下來，南森被張會長帶到了對面街的一家茶餐廳，茶餐廳緊鄰着乾洗店，從正面看，茶餐廳的右側就是那條小巷在謝斐道上的出入口。

「……這家茶餐廳裏的雜工琴姐，她所提供的資訊你一定感興趣。她不會英文，我來幫你翻譯。」張會長帶着南森進了茶餐廳，一個警察陪着一個女士坐在最外面的一張桌子，看到南森進來，兩人都站了起來，張會長對那名女士點點頭，「琴姐是嗎？你好……」

琴姐連連點頭，她很是拘謹，顯得有點手足無措的樣子。

「南森先生很想知道那天發生的事，案發的時候，你在做什麼？」張會長問。

「有人吃完飯，我把碗筷收拾到廚房去。」琴姐説，她指了指桌子，「啊，就是這張桌子……」

「你聽到了什麼？」南森問。

「有人在巷子裏大叫，這人就是阿勝啦，他在和人吵

架，叫人賠錢給他……」

「你認識死者？阿勝？就是高志勝？」南森略有驚異地問。

「對，美辰大廈的阿勝，爛仔一個，三十好幾的人了，不務正業。他那公鴨嗓子，我一聽就知道是他啦。」琴姐說，「他死了，我倒是不用怕他了，我們這裏誰不知道他？他就住在樓上。」

「這間店就是美辰大廈的地舖。」張會長把琴姐的話翻譯給了南森聽，然後指了指頭頂，「高志勝就住在大廈的7樓。」

「嗯。」南森有些興奮起來，「他叫人賠錢給他？」

「是呀，他說『撞了我就給我錢』，『不給錢別走』，就是這樣的。」琴姐說，「聲音很大，很兇，他就是這樣的，平常就兇……」

「他和人爭吵，即是還有另外一個人了，那人是誰？說了什麼？」

「那人聲音不大，好像說『你別纏着我』什麼的，聽不太清。」

「那人是誰？」南森追問，「能聽出來嗎？」

「聽不出來，後來我也想了想，真的聽不出來。」

「能判斷年齡嗎？那人是男是女？」

「是個男人，年齡嘛……四十多……五十多……反正不是年輕人……」

接下來，琴姐回憶説，她看見一名警察從店門口跑過去，警察喊了一聲「喂」，然後就是一聲槍響，當時她嚇了一跳，小心地走過去，還沒走到巷子口，另一名警察從街對面衝過來，進了巷子，她走進巷子的時候看到兩個人躺在地上，其中一個是高志勝，另一個就是第一個衝進巷子的警察，而第二個衝進巷子的警察已經追向了駱克道。

南森請琴姐再回憶一下，聽到的另外一個聲音是否熟悉，不過琴姐反覆説聽不出來，如果琴姐能辨識出那個聲音，案發現場的第三個人——也就是那個嫌疑兇手也就浮出水面了，案子倒也簡單了，不過辨認不出來，南森還要繼續往下查。

給琴姐做完筆錄，美辰大廈業主委員會的主席阮浩成被帶進了這家茶餐廳，他就住在這幢大廈的12樓，對高志勝算是比較了解，身為教師的他英文流利，不需要張會長翻譯。

提起高志勝，阮浩成就開始搖頭，他甚至説高志勝死了，他們的大廈也會清靜很多。

「……不去工作，坑蒙拐騙，罵老人，打女人，脾氣暴躁得很，鄰居們都怕他。」阮浩成一一數着高志勝的種種劣跡，有些激動，「他的哥哥和姐姐都和他斷絕關係了……」

「那麼阮先生，這個高志勝具體靠什麼生活？」南

森問，「據我了解，他居住的環境還不錯，房子他一個人住。」

「他能靠什麼？靠他父母留給他的一筆錢啦，房子也是父母留給他的。不過他經常去澳門賭錢，父母那些錢我看花得差不多了。」阮先生指着北面説，「就説上個月吧，他在駱克道敲詐路人，被帶到警署，警察找我了解他的情況，最後還是我把他領出來的呢……」

「敲詐？」南森一愣。

　　「就是敲詐啦，不過最後警方只是對他進行了訓誡，沒有抓他。」阮先生比劃着說，「他提着一個袋，裏面有麵包、飲料，和人家相撞，非說人家撞他的，要人家賠錢，還好有目擊證人，說是他往人家身上撞的，他才沒話說……有個警察告訴我，他們知道高志勝不久前也攔住一

個路人，說人家撞他，硬是要了人家兩百塊，人家急着趕路，就給他了。我看他最近是缺錢了，用這招騙錢。」

「這可是一個發現。」南森微微地點着頭，「那麼阮先生，你說他最近缺錢，以前他的經濟情況你了解？」

「那倒不了解，只是以前他吃飯總是到這條街上不錯的餐館，還叫很貴的外賣。最近他不叫外賣了，也不進餐館了，好像總是買便宜的飯盒。」阮先生慢慢地說，「很明顯，經濟不如以前了，又沒有正經工作。」

「你還很會推理。」南森淡淡地一笑，「你知道平常有什麼人和高志勝來往嗎？」

「沒有，他沒有朋友的，大家都躲着他。」

「他沒有什麼仇家吧？要殺了他的那種人？」

「這個……」阮先生頓了一下，想了想，「這個倒是沒聽說，大家只是討厭他，不過也沒有到殺了他那種程度，這個人呢……也只是比較討厭，得罪過不少人，但是很大的錯誤沒有犯過。」

「明白了。」南森說，「那麼，謝謝你，如果還想到什麼請及時和我們聯繫……」

阮先生走了，南森和張會長他們也出了茶餐廳，外面圍着的人還沒有散去，有圍在巷子口的，還有圍在茶餐廳

門口的，幾個警察正在勸說大家離開。

「下一步……」張會長看了看南森。

「我們去警車裏開個會，做個場景還原，爭取今天這個巷子就開通。」南森說着指了指一輛很大的警車。

「好的，我馬上去安排。」

三分鐘後，南森和他的小助手們都來到一輛廂式警車中，張會長也一起參加他們的討論。進到車裏，南森就要保羅分析剛才取得的血液樣本。

保羅答應一聲，後背上的合板打開，一個托盤伸了出來，南森把第一個塑膠袋裏的血液樣本放在托盤上，保羅收起了托盤，隨後開始分析。

兩分鐘後，保羅的身體裏列印出一張資料記錄紙，南森撕下那張紙，看了起來。

「是魔怪的血跡，這個是毫無疑問的。」保羅說，「但是血液分析結果很奇怪，這個樣本既體現出蜘蛛怪的血液特徵，又體現出巫師的血液特徵，所以無法確定這是一種什麼魔怪，到底是巫師還是蜘蛛怪，很難識別，血液量倒是充分……」

「這就奇怪了。」南森看着報告紙說。

「蜘蛛怪吧？兇手使用的招數是蛛絲攻擊呀。」派恩

38

説道。

「可是巫師也會用這一招。」本傑明反駁道，「這招不是蜘蛛怪獨有的。」

「兩個兇手？一個蜘蛛怪，一個巫師？」派恩驚叫起來。

「拜託，是一滴血液樣本中分析出來的。」保羅立即説。

「噢。」派恩不好意思地吐吐舌頭。

「這個可以先放一放……」南森繼續看那份報告，「血液樣本分析顯示，這傢伙的魔法能量超級強大，我們遇到對手了。」

「那也能把他找出來！」派恩揮着拳頭説。

「對！」本傑明説着看看派恩，「去哪找？」

「這……」派恩愣了一下，隨後看看南森，「去哪找呀？」

「耐心找，就能找到。」南森説，「兇手是個魔怪，已經完全確定了，現在我來説一下其他資訊……」

南森先把剛才收集到的所有有價值的資訊整理出來，逐一唸了一遍。

「……你們是怎麼看的？」南森唸完後問道。

　　「小巷裏有爭執……」本傑明先説道，「好像是那個高志勝在糾纏什麼人，然後警察聽到，過去後……大概遇到了兇手，就開槍了，地上的血跡就是兇手被擊中後滴下的。」

　　「對，血跡一定是兇手被擊中後留下的，從林子健倒地的位置到彈孔位置畫一條直線，血跡正好就在這條直線上。」海倫接過話説，「兇手看自己被擊中，就把警察殺害了。」

　　「有道理，有道理。」張會長連連點頭。

　　「兇手就是那個被糾纏的人。」海倫繼續説，「否則他沒必要跑掉，高志勝糾纏他，他殺了高志勝，警察突然趕來，他把警察也殺害了……我是這樣認為的。」

　　「我也是這樣認為的。」派恩看了看大家，小聲説道。

　　「我雖然不是偵探……」張會長想了想説，「不過這樣的解釋很合理，高志勝又在敲詐人，但是這次他敲詐的對象可是個狠角色……」

　　「你們説的都對，儘管這還是個推論，不過從證據鏈上，所有的旁證都支持這個推論，我們可以認定兇手就是被高志勝糾纏的人。」南森認真地説，「認定這個人很重

要，更重要的是找到他，琴姐並沒有聽出他的口音，過路人？還是這附近的居民？」

「都有可能。」保羅說，「公共區域，什麼人都能從那裏走。」

「我們去還原現場。」南森環視着大家，「也許能幫助我們再找到什麼線索，現場還原完畢，小巷就可以解除封鎖了。」

南森隨後分配了角色，派恩在超市裏，充當黎警員，本傑明站在洗衣店門口，扮演遇害警察林子健，海倫在茶餐廳裏，出任琴姐，張會長則在小巷裏扮演高志勝。南森擔任導演，全程指揮現場還原，保羅則記錄下整個過程。

謝斐道上，人羣還沒有散去，大家站在街邊，議論紛紛，就像是圍觀電影拍攝現場。

警方派出多名警察，按照南森的要求，清理出現場，保證現場還原順利進行。

「派恩，現在你是黎警員，你在超市裏拿自己的筆。」南森站在茶餐廳裏，通過耳機對派恩說，大家之間相互的通話都能聽到，他們已經站好了自己的位置，「好，現在現場還原開始！」

「我在和兇手爭執……給錢，撞人就要給錢……」張

會長站在巷子裏喊道，根據南森的指令，他就站在高志勝倒地的地方。

「我聽到了爭執。」海倫在茶餐廳裏說，這時，南森走到了茶餐廳門口。

「我也聽到了爭執，我是警察，一定要去看看發生了什麼事。」本傑明說着快步向小巷跑去。

本傑明從茶餐廳門口跑過的時候，南森立即跟在他的身邊。

「我看到警察從店門口衝向小巷。」海倫在茶餐廳裏說。

「啊，兇手襲擊了我。」張會長捂着脖子大叫起來，隨後倒在地上，「他用的是蛛絲攻擊術，一根蛛絲射了出來，纏住了我的脖子，隨後他收回了蛛絲。」

「我看到了這個情況，我就拔槍對着那個兇手。」本傑明站在林子健倒地的位置，做着舉槍瞄準的樣子，「我還喊了一聲『喂──』」

「琴姐聽到了這個喊聲。」南森在一邊補充道。

「兇手根本不怕我，繼續行兇，或者是向我撲來。」本傑明繼續舉着槍，「『啪』，我開槍了。」

「我聽到槍聲，嚇了一跳，但是不敢走出去。」海倫

42

說。

「我在超市裏，聽到了槍聲，我衝出了超市，發現拍檔不見了。」派恩從超市裏衝了出來，隨後向小巷跑去，「我邊拔槍邊跑。」

「我射中了兇手，但是他隨即用蛛絲魔法攻擊了我，他向我射出一股蛛絲，蛛絲纏在我的脖子上後勒緊，然後他收回了蛛絲，我倒在地上。」本傑明說着躺在地上，表情還很痛苦，身體還抽動了兩下，模仿得明顯比張會長要真實。

這時，派恩衝了過來，看見本傑明倒地，上去摸了摸本傑明的脈搏，本傑明扭着脖子，瞪了派恩一眼。

派恩向小巷的另一端追去，海倫也顫巍巍地走了過來。不一會，派恩走回來，對南森說他什麼都沒發現。

「現場還原結束。」南森說道。

張會長和本傑明都站了起來，遠處的圍觀人羣看得津津有味。

「還原很完美。」南森回想着剛才的還原過程，「這就是案發的經過，現在一切的焦點在那個兇手身上，高志勝這次敲詐的對象讓他自己送了命⋯⋯這個兇手⋯⋯穿牆跑了。」

第四章　穿牆進大樓

南森最後一句話，震驚了大家，大家全都圍上來，看着南森。

「穿牆的位置，就在保羅發現的第二處的血跡這裏。」南森説着向前走了幾米，「這個地點不在林子健射擊的彈道上，兇手殺害林子健後，走到這裏，穿牆跑了，而逃跑方向，就是小巷西側的牆壁，也就是子彈嵌入的這面牆壁。」

「博士，兇手殺害警察後，可以原地穿牆呀！」本傑明問，「不用向前跑幾米再穿牆，他是不是想跑出小巷，但是跑了幾步後怕被人追上，就穿牆跑了？」

「不是。」南森笑着搖搖頭，他指了指小巷西側的牆壁，「你自己看看，用透視眼。」

本傑明他們立即站在第一處發現血跡的地方，向小巷西側看，西側牆壁其實是一幢大樓的外牆。大家各唸透視眼口訣，清楚地看到了牆那邊的景象。

「啊，博士，裏面是一個鍋爐房，這裏正對着一個

44

正在運作的鍋爐。」海倫指着牆壁説，「鍋爐裏正生着火呢，魔怪穿牆過去就會遇到火焰，魔怪都怕光和火。」

「你們再看看這裏。」南森笑着指了指第二處發現血跡的地方。

本傑明和海倫連忙走過去，唸透視眼口訣，看了看牆壁那面。

「是一個雜物間。」本傑明恍然大悟地喊道，「所以魔怪向前走了幾米，換到這裏穿牆進去了……」

「南森，真有你的。」張會長大聲誇讚道，「剛才你就發現這一點了吧？」

南森只是笑笑，沒有説話。

「也許從那邊穿牆跑了呢。」派恩指着小巷另一面的牆壁，「從那裏也能穿牆跑掉。」

「為什麼魔怪要捨近求遠？」本傑明指着第二處發現血跡的地方，「這裏距離西側牆壁不到一米，距離對面東側的牆壁兩米多呢。」

「兩米多的距離也不算多。」南森看了看本傑明，「魔怪也有可能從東側牆壁逃走……」

「嗯哼。」派恩對本傑明做了一個鬼臉，本傑明有些生氣。

「那我們現在就進去，看看還有沒有滴下來的血跡。」南森指了指西側的牆壁，「如果牆壁那邊有血跡，魔怪就是從那邊逃走的。」

「對呀，說不定能沿着血跡一直追下去呢。」派恩興奮起來。

「這個希望不大。」張會長搖搖頭，「魔怪或巫師的傷口自癒力極強，受傷後的傷口雖然會滴血，但很快就會被止住。」

「所以能在裏面發現血跡就是萬幸。」南森說着看看大家，「你們在這裏等一會，我和保羅進去看看……」

「擋不住我的心也擋不住我的形。」南森話音剛落，保羅就唸穿牆術口訣，「唰」的一下，保羅穿越進了西側的牆壁。

南森跟着穿越了進去，他們來到一個不大的雜物間，裏面擺着一些箱子和清潔用品，沒什麼灰塵，看起來這裏經常有人進入。

南森沒說話，只是做了一個手勢，保羅立即開始對整個房間進行掃描，突然，保羅跳了起來。

「怎麼了？」南森連忙問。

「我還往前面看呢。」保羅指着自己的腳下，「血跡

46

就在這裏！」

　　保羅用綠色的光柱照射在地面上，地面上，兩滴很小的紅斑清晰地顯示了出來，南森連忙彎下腰，把那兩塊血塊收集好。這些血塊比小巷裏發現的要小很多。

　　南森讓保羅再仔細搜索，保羅說這個房間沒有血跡了，根據血滴的大小，南森判斷魔怪穿越到大樓裏後，血就止住了，但是他不甘心，他走到門旁，把手伸向門把，輕輕一扭，門打開了。

　　「我們出去找找。」南森對身後的保羅說。

　　保羅點點頭，他倆出了房間。房間外，是大廈地下的走廊，側面的一個單位，門牌上寫着「G05」的字樣。

　　保羅用紅色和綠色光柱開始對四處掃描，同時開啟了魔怪預警系統，這個系統也能發現幾百米範圍內的魔怪痕跡。

　　半分鐘後，保羅對南森搖了搖頭。南森明白，不會再有血跡的發現了，張會長說得對，魔怪的止血、自癒能力很強。

　　正在這時，走廊轉角處有聲響傳來，保羅頓時有些緊張，隨即，一個老婆婆慢慢地走了過來，看到南森和保羅，老婆婆什麼反應都沒有，她和南森擦身而過，南森想

起了什麼，連忙叫住老婆婆，老婆婆正要去開G05的門。

「請問會説英文嗎？」

老婆婆看了看南森，隨後點點頭。

「啊，太好了。」南森説，「請問這幢大樓叫什麼？」

「仁德大廈。」老婆婆説。

「你住在這個單位？」

「對。」老婆婆的話不多。

「那麼請問，四天前的中午，你看到有什麼奇怪的人從這裏出來嗎？」南森指了指身後的雜物間。

「沒有。」老婆婆説，「今天倒是看見了，就是你，住在這裏連大樓叫什麼都不知道。」

「我不是住在這裏……」南森連忙解釋，「我……我在找人，在找人……」

「好吧。」老婆婆沒再説什麼，開門進了自己的家，關上了門。

南森對笑着的保羅聳聳肩，隨後和保羅回到雜物間，他關上門，帶着保羅唸口訣，穿牆回到了小巷裏。

海倫他們立即圍了上來，他們都等得有些着急了。

「發現什麼了嗎？」本傑明急着問。

「雜物間裏有血塊，很小。」南森取出塑膠袋，保羅不用叮囑，已經從後背伸出了托盤，南森把採集到的血塊放到托盤裏，「除了兩片血塊，再也沒有發現了，魔怪止血了，不會再找到血跡了。」

保羅收起了托盤，開始分析血塊成分。

「如果魔怪從這個大樓裏穿越出去，即使不隱身，路面上的攝影機也拍不到他的影像，魔怪不能在攝影機裏成像，手段極高的巫師也能利用魔法使自己不能成像，我想他有這能力。」海倫很是無奈地說，「沒有血跡，就很難跟蹤了。」

「是呀。」南森點點頭。

「博士，和第一處、第二處發現的血跡一樣，都是同一個魔怪的。」保羅說着已經列印出來一張分析資料紙。

南森撕下資料紙，看了看，告訴大家，雜物間的血跡就是那個魔怪的，完整的證據指明，他殺害兩個受害者後，穿牆逃走了。

巷口那裏，還有好幾個人伸着脖子向裏面看，南森看了看大家，海倫和本傑明此時多少有些無精打采的，儘管他們不是沒有收穫，甚至可以說收穫不算小，但是血跡的消失令他們無法直接追蹤到魔怪，還是很遺憾。

「老同學，」南森轉身看了看張會長，「這裏可以解除封鎖了。」

「好的，我這就去和警方説。」張會長點點頭。

「海倫，我們回去吧。」南森看了看海倫和本傑明，「嗯？派恩去哪裏了？」

「剛才還在這裏呢。」海倫看了看身邊，也很疑惑，「派恩——」

「來了——來了——」派恩手裏拿着幾支穿着好幾個圓球狀東西的長串，從巷口興奮地跑了過來。

魚蛋王

「你幹什麼去了？」海倫責備道。

「看看這個，這叫魚蛋。」派恩很是興奮，他晃着手中的長串，「就在那邊的街邊店買的，老闆英語不錯呢，他說這可是香港著名的小吃呢，我吃了一串，真的很棒。」

「給我來一串。」本傑明連忙拿一串過來，「我剛才也看到了那家店，還在想這是什麼呢……」

「你就知道吃，現在在破案呢。」海倫瞪着派恩，隨後吸了吸鼻子，「好像很香，給我一串……博士，你要不要吃一串……」

第五章　縮小範圍

一小時後，南森他們回到了酒店，張會長也回魔法師聯合會了。目前，他們確定兇手大概是一個蜘蛛怪或者掌握蛛絲攻擊的巫師，另外，兇手是穿牆逃走的，至於兇手逃走的方向，還沒有任何的進展。

回到酒店後，南森攤開了一張地圖，事發地點處於鬧市區，周圍的環境對於一個想要逃走的兇手來說，是比較有利的，他很快就會輕鬆混入人羣，更何況他還是魔怪或巫師，儘管受傷，但是血已經止住，傷勢也不怎麼影響他的行動。

海倫和本傑明坐在沙發上，面前也攤開了一張香港地圖，派恩也湊了過去，本傑明盯着地圖，想着兇手能跑到什麼地方去。

「……地圖上都沒有標注這條小巷，那麼我把小巷畫在這張地圖上。」本傑明邊說邊在地圖上畫了一條線，「小巷和盧押道、柯布連道平行，在兩條道路中間，並連通謝斐道和駱克道，案發地在近謝斐道那邊的巷口……如

果是魔怪作案……周圍有沒有什麼基地或是廢棄很久的廠房呢？」

「我早就看過了，周邊區域沒有基地。」海倫也看着地圖，「這樣的一個鬧市區也沒有廢棄很久的廠房。」

「那麼這個魔怪……或者巫師……是路過這裏的了？」派恩想了想，「他藏身的地方很遠……」

「這當然很有可能，不過這樣一來，範圍就太大了。」海倫想了想說，「僅憑目前這些證據，去哪裏找呀？」

「他跑不了太遠吧，中了一槍，還流血了。」本傑明說。

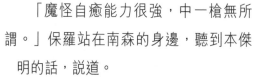

「魔怪自癒能力很強，中一槍無所謂。」保羅站在南森的身邊，聽到本傑明的話，說道。

「老伙計，把現場錄影給我播放一下。」南森對保羅說。

保羅答應一聲，後背升起了一塊電腦熒幕，開始播放他拍攝的現場錄影，派恩連忙湊過去，坐在南森身邊一起看起來。

　　南森看完了現場錄影，又叫保羅播放了一遍現場還原的錄影，隨後，又讓保羅重播一遍現場錄影。派恩覺得自己都能把畫面背下來了，這時，南森又叫保羅再播放一遍現場錄影。

　　派恩不想再看錄影了，他回到了沙發那裏，海倫看到他回來，就瞪着他。

　　「不要去打擾博士！」海倫小聲地說，「博士需要靜靜地思考，我剛才怕吵到博士，沒有叫你！」

　　「我沒打擾他。」派恩爭辯道，「他看錄影，我也看。」

　　「靜靜思考，就是說他要獨立思考。」海倫說，「你也跑去看錄影，那你看出了什麼？」

　　「我看出了……」派恩眨眨眼，「我還真沒看出什麼……」

　　說着，派恩低下頭，不說話了。

　　「喂，管家婆，好像就你能管住他。」本傑明有些幸災樂禍地說，他指了指派恩，「這傢伙一直很自我……」

　　「我？自我？」派恩聽到這話，很不高興，「我是天下第一超級無敵魔幻小神探，我很照顧其他人的……」

　　「噢，又來了！」本傑明痛苦地捂着眼睛，身體癱倒

在沙發上。

「……博士，我已經放了三……啊，是第四遍了。」保羅顯然是有些着急了，「你發現了什麼沒有？」

「哦，老伙計，我的思路都要被你打斷了。」南森笑着説，「你可真是急脾氣，我沒有這樣設計你呀。」

「這是我自我成熟的表現，我早就事事替你們操心了。」保羅似乎有些狡辯。

「哦，我也沒有給你設計能爭善辯的程式。」南森繼續笑着，「不過感謝你的錄影，我……」

説着，南森看了看幾個小助手，小助手們也都看着他。南森招招手，小助手們立即跑了過去，圍在南森身邊，他們都覺得南森有了重大的發現。

「現在，我們能確定的是：一，這個案件是魔怪或者巫師作案；二，他跑掉了，穿牆跑掉的。」南森説着看了看地圖，「第三，是沒有確定的，就是作案後的魔怪或者巫師跑到什麼地方去了。」

小助手們都看着南森，目光充滿着渴望，不過誰都沒有説話。

「如果是某個路過的魔怪或者巫師，作案完畢後，逃之夭夭，我們很難找到。因為根據現有證據，似乎沒有哪

條線索指明兇手的方向。」南森説着緩
了緩，隨即淡淡一笑，「如果兇手就住在
當地，那麼我們的尋找範圍是不是就小
了很多呢？」

「兇手就住在當地？」本傑明他
們都一愣，本傑明的反應最強烈，
「博士，你能確定兇手就在當地居住
嗎？」

「假設，一切都是假設。」
南森對大家擺擺手，「剛才我反
覆看了現場的錄影。你們發現沒
有？這條巷子連個名字都沒有，

南森憑着什麼推斷兇
手住在附近呢？

在地圖上甚至都沒有標注。巷子裏有一些雜物，還懸掛着
一些冷氣外機，巷子本身又窄，從謝斐道看過去，不能判
定這條小巷能否連通駱克道，同樣，這些障礙物也阻隔了
從駱克道向謝斐道這邊觀望的視線。所以，如果是一個外
來的過路人，無論是想從駱克道到謝斐道，還是從謝斐道
去駱克道，都難以判定這條小巷是否暢通。」

「博士，你想説的是……」海倫眨眨大眼睛，「不熟
悉這裏的人不會冒險從小巷走，因為很可能是死路。」

「沒錯。」南森誇讚說，「高志勝就一定會從這條小巷走，因為他就住在旁邊的大廈裏。」

「兇手也住在這附近，熟悉這條小巷。」本傑明小心地說，「所以他們才會在小巷裏相遇。」

「完全正確。」南森大聲地說，「相遇之後，高志勝開始動壞腦筋了，當時這條小巷再無他人，高志勝敲詐兇手，說兇手撞了他，無人能給兇手作證，只不過他遇到了狠角色，反倒把命丟了。」

「那兇手就是當地的居民啦！」本傑明激動起來，「其實他是個隱藏在當地的魔怪。」

「這種可能性很大。」南森點點頭，「當然，也許有曾經居住在這裏的居民會熟悉這條小巷，也許有偶爾經過的路人，經過詢問後去穿越這條小巷，相對來說，這些都是小概率的事件了，另外……」

南森停頓了一下，看着大家，小助手們也目光一致地望着他。

「小巷才被封鎖了三、四天，居民們就很有意見了，說明這條小巷是一條很便利的通道，我問過張，也問過警察，在盧押道和柯布連道之間的謝斐道上，只有這一條小巷連接駱克道，小巷封鎖後，兩側的美辰大廈和仁德大廈

的居民要到駱克道是最不方便的，以前他們去駱克道，出了大廈在謝斐道上的正門後，轉個彎就能穿越小巷去駱克道了，所以……呵呵……」

南森沒把話說完，反而笑了起來。

「博士，你是不是想說……」海倫的雙眼放出光來，「最常走這條小巷的，就是美辰大廈和仁德大廈的居民，因為他們最靠近小巷，所以……魔怪可能是隱藏在這兩幢大廈裏的人？」

「我要說的就是這個意思。」南森滿意地點點頭。

「魔怪不用走什麼小巷，他會穿牆術，想去哪裏直接穿牆就行了！」派恩叫了起來。

「笨蛋，使用穿牆術要耗費魔法的，一天耗費幾次，一年下來，再有魔法也吃不消，魔法是用在關鍵時刻的，平常誰會總是用魔法！」本傑明大聲對派恩喊道。

「噢，我把這點忘了。」派恩抓抓頭髮，他也變得高興起來，「魔怪就是住在這兩座大廈中的某一個單位啦，太好了，博士，我們有方向了。」

「我們的目標範圍小了好多呀。」海倫跟着說。

「確實是個方向，但單是這兩座大廈，我看居民也有五、六百人左右。」南森此時倒是顯得非常平靜，「而且

周邊大廈也不能忽略掉，謝斐道上那個路段的居民都會利用這條小巷，這樣一來，我們的工作量還是很大的。」

「可以用幽靈雷達搜索，保羅的預警系統功能更強大。」本傑明説。

「喂，這些都是基本工作。」保羅晃晃腦袋，「我剛到那裏，就對着四處發射了魔怪探測信號，進入仁德大廈後，也發射了十幾道探測信號，沒有任何搜索結果。」

「那是範圍還不夠大，你要到謝斐道上去，沿街搜索。」本傑明情緒高漲，比劃着説。

「在謝斐道上進行一次搜索，是我們應該做的一個常規動作。」南森指着地圖説，「如果兇手一直在這個區域生活，那麼遺留下一些魔怪反應是很有可能的，即使他的魔法很高，能隱去魔怪痕跡，但總會暴露些什麼。」

「我們可以借一輛車，在整個區域的街道上全面掃描一遍。」海倫説，「保羅在車上啟動魔怪預警系統，我們用幽靈雷達。今天我們勘驗過現場，還有記者拍照，如果魔怪真在這個區域，我們在街上步行搜索，可能會遇到他，他可能會提前逃跑呢。」

「就用張的那輛車。」南森讚許地看着海倫，「今天很晚了，我們先休息，明天一早我給張打電話。」

第六章　突發攻擊案

案件的偵查正在順利進行，海倫他們都很高興，來香港之前，所有的東西都是空白點，現在，南森正利用自己的豐富經驗和偵探手段，一個一個地補充這些空白點。事件正在呈現出隱蔽很深的輪廓，儘管這個輪廓看起來仍然是模模糊糊的。

晚餐，大家吃得都很好。忙了大半天，幾個小助手還都不是很累，回到房間後，海倫他們在落地窗前看着美麗的香港夜景，南森回到自己的房間，説要先休息一下。

「我們可以去街上走一走。」保羅跳到落地窗後的沙發上，「我查了旅遊攻略了，這附近就有很好的當地小吃，我們以前去唐人街上的餐廳還要訂位，這裏全是中國菜，不用訂位……」

「噢，我可吃不動了。」海倫説，「出去走一走倒是可以，破了這個案，我們去大吃中國菜……」

「是菜，他們這裏就叫『菜』。」本傑明笑着説。

「走啦，我們去街上走走。」派恩眉飛色舞地説，

「我還能吃呢。」

正在這時，桌子上的電話急促地響了起來，海倫連忙去接，講了兩句話，她的臉色突然就變了，電話是警方直接打來的。謝斐道上，即兩人遇害的案發地點，又有一宗襲擊案在十多分鐘前發生，一名年輕男子重傷，看到警察後這名男子說有人用魔法攻擊他，現在他正在搶救之中。

房間裏頓時顯得有些亂，本傑明跑去叫醒了南森，海倫給保羅直接裝配上四枚追妖導彈，還帶上了四枚備用彈。

南森匆匆地從房間裏出來，海倫告訴他，具體情況還不是很清楚，只知道謝斐道上突發一宗案件，這宗案件是魔怪攻擊，有人受重傷，沒有人死亡。南森他們急忙出了酒店，向案發地點跑去。

這次的案發地點，距離小巷不到一百米，靠近盧押道口。南森他們趕到的時候，這裏已經被警方封鎖了，七、八輛警車就停在謝斐道上，閃爍着警燈，十幾名警察在封鎖線外擔任警戒。南森他們剛到路口，一輛車就停在他們身後，張會長帶着兩名魔法師從車上下來，他們也是剛剛得到通知，於是連忙趕來，他們匯合在一起，向現場走去。

　　此時，現場兩側站了很多圍觀的居民，還有消息靈通的記者在不停地拍照。

　　「謝謝，請讓一讓……」張會長走在最前面，邊走邊對那些圍觀者説。

　　「啊，你當心點。」路邊，一個圍觀的胖男子叫起來，還推了身前那個瘦男子一下，瘦男子剛才給張會長讓路，身體往後一靠，不小心撞在了胖男子身上。

　　「噢，對不起。」瘦男子連忙説，他一直把連着衣服上的帽子罩在頭上。

　　「謝謝，謝謝。」南森跟在張會長身後，不停地對那些讓路的人説。

　　南森他們進到警戒線裏，案發地在一家文具店門口，此時是晚上十點，文具店已經關門，門口的地面上，有一個用粉筆標畫的直徑不到半米的白色圓圈，圓圈裏有一個手寫的「受害者倒地處」的標牌，這無疑就是那名重傷者倒地的位置。在這個圓圈旁邊，有一個白色的塑膠提袋掉在地上，一些食物撒了出來，現場一名警員正對這個提袋進行拍照，圓圈前一米，還有一張面值10元的鈔票，對半摺着掉在地上。

　　南森帶着小助手們走了過去，保羅早就開啟了魔怪

預警系統，對着周邊上下探測，本傑明也用幽靈雷達掃描着，不過他們一無所獲。

警戒線外，又圍了一些居民，他們一邊看，一邊議論着，接連的案件，使得現場的氣氛很壓抑，很多居民臉上的表情都是憂心忡忡的。

「南森先生，我負責這裏的現場處置。」一名警官看到南森，對他敬了一個禮，隨後對南森身旁的張會長也敬了一個禮。

「具體是怎麼回事？」南森看着現場，突然，他對那名剛要開口介紹案情的警官擺擺手表示暫停一下，然後向文具店旁一台冷氣的外機走去，路燈下，一團白色的東西緊緊貼在冷氣的外機上。

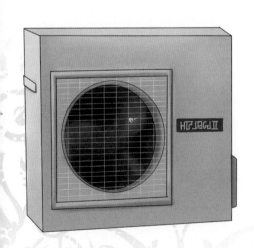

張會長也跟了過去，他們一起看着那團白色的東西，南森戴上手套，輕輕地拿下那團東西，展開一看，是一團亂線，線的直徑很細，和頭髮的直徑差不多。

「蛛絲。」張會長肯

定地説，「這是魔怪射出的蛛絲，噢，這根蛛絲沒有被收回嗎？這是纏繞受害者的脖子的，怎麼在這裏呢？」

「噢，我剛探測到一點點的魔怪反應呢。」保羅這時跑了過來，「原來是你們手上這東西散發出來的，很淡了，但還是有一點點魔怪反應。」

「要是再過幾小時，這一點點魔怪反應也會消失。估計兇手跑得匆忙，來不及收回蛛絲了。」南森看了看保羅，把蛛絲收進一個塑膠袋中，又看看那名警官，「不好意思，你現在可以介紹詳盡情況了。」

「是，先生。」那名警官立即説，「二十分鐘前，我們接到報告，説這個文具店門口躺着一個人，我和兩個同事先趕到現場，看見一名男子躺在這裏，胸口受到重擊，當時他意識不是很清楚了，説有人用魔法射線攻擊他，然後就昏迷過去了，萬幸的是射線命中了他放在上衣口袋裏的手機，我看了手機上的痕跡，的確不是子彈造成的……」

「手機在哪裏？」南森急忙問。

「法醫官那裏。」

「請給我看看。」

警官帶着南森來到一輛警車旁，找到法醫官，法醫官

65

把用透明塑膠包裹着的手機拿
給了南森。

　　這是一部嶄新的手機，兩
面已經被射穿，手機熒幕呈現出
炸裂狀態，不過穿孔非常細小，
僅有黃豆大小，明顯不是子彈射
擊造成的。

　　「張，你看這個穿孔口。」
南森把手機遞給張會長，「極為整
齊，一看就是魔法攻擊造成的，大
概是閃電手一類的招數。」

　　「對，這是魔法攻擊。受害者
沒説錯，他遭到的是魔法攻擊。」張會長扭頭看看那警
官，「受害者是什麼人？也是魔法師？」

　　「不是，報警的人説是附近茶餐廳的外賣送遞員。」
警官説，「報警的人沒看到這宗襲擊，他是從附近店裏走
出來後看到受害者的，他認出受害者是外賣送遞員，噢，
受害者叫翁長榮，他的老闆剛才也來過了。」

　　「外賣送遞員？」南森和張會長都感到有些驚訝，隨
後，他倆都向地上那個塑膠袋看了看，那顯然是受害者要

去送的外賣。

「要不是這部手機擋一下，他的身體一定被射穿了。」警官説，「接走他的醫生説肋骨也斷了一根，要真是魔法攻擊，他的命可真大。」

「他現在人在哪裏？」南森問，「有沒有説誰襲擊了他？」

「港島醫院。我剛才接到報告，受害者失血不多，生命無大礙，過一會就要進行手術，不過蘇醒過來要明天早上了。」警官説，「我們來救他的時候，他只説了句有人用魔法攻擊自己，就暈過去了，送他去醫院的警察也希望他能説出誰是襲擊者，但他一直沒有醒。」

「無論如何，我們有一個目擊證人了。」南森有些興奮，他看看張會長，「張，派兩個魔法師，把那個翁好好保護起來，我們一會去醫院。」

張會長點點頭，隨即安排跟着自己來的魔法師前去醫院，一名警察開車帶着他倆去了醫院，南森叫保羅把現場仔細搜索一遍，看看還能不能找到其他線索。

保羅開始用紅、綠掃描線對現場進行掃描，紅色掃描線是大範圍掃描時使用的，綠色掃描線則是確定某個目標後，進行仔細分辨掃描用的。經過對案發地的掃描，保羅

沒有再發現什麼魔怪反應。

借着路燈的光，海倫他們三個小助手對現場也進行了搜索，他們也沒有發現什麼線索，隨後保羅對現場進行了錄影。

魔法偵探們對這裏進行了全面的搜索後，現場封鎖還不會被解除，警方要把現場保留一段時間。謝斐道上，不到百米的那條小巷剛剛解除封鎖，這裏又被封鎖起來。

張會長已經給醫院打過電話，受害者翁長榮已經開始了手術，肋骨已經被接上，其他並無大礙，醫生說明天早上可以進行問話。另外，他派去的兩名魔法師已經守在手術室門口，警方也派了兩名警察進行護衞。

南森他們處理好了現場，再次向謝斐道和盧押道路口走去，張會長的車停在那裏。圍觀的人都沒有散去，他們吃力地擠過人羣，十多個記者衝過來對正準備上車的南森進行拍照，他們的消息靈通，已經知道南森是來破案的大偵探，其中幾個還拿着麥克風想採訪南森，被維持秩序的警察攔住。南森他們進到張會長的車裏，直接開回了酒店。

回到酒店，已經快午夜了，南森他們稍稍感到疲倦，這一天可真是忙碌。

　　「博士説的太對了，魔怪就在謝斐道上。」一回到酒店，本傑明就興奮地説，「我們還有了一個直接目擊者，很快就能找到魔怪了。」

　　「明天我們先去醫院，要是翁認識兇手，那就太好了。如果不認識，我們就對案發區域的那幾座大樓進行逐層搜索。」南森看着窗外的夜色，高低起伏的大樓，很多還是燈火通明，「高層建築，磚石結構，會遮擋我們的搜索信號，我們上門去找！」

　　「這是一個什麼樣的傢伙呢？」海倫也看着外面的景色，「藏在這樣一個大都市裏，平常不露面，可最近短短幾天就連續害人……」

　　「明天我們就有答案了。」派恩説着張大了嘴，打了一個哈欠，「今天累死我了……」

　　他們都去休息了，保羅趴在客廳裏，繼續看着窗外景色。窗外的不夜城，霓虹永遠閃爍着，永不知道疲憊。

第七章　深切治療部裏的刺客

港島醫院，翁長榮的手術已經結束，手術很成功，他明天就能蘇醒過來，今後的恢復也會很快。如果不是他把手機放在上衣口袋裏，心臟部位早就被那道閃電射穿，他也就不會這樣安穩地躺在醫院的深切治療部病房裏了。

此時，病房裏開着微弱的壁燈，翁長榮的身上插着導管，身邊的監護器發出細微的電流聲，監護器上的各項資料顯示他的一切都正常。

午夜兩點，醫院的深切治療部病房前，兩名警察靠在椅子上，安靜地坐着。兩名守護翁長榮的魔法師，一名在門口踱着步，另外一名坐在椅子上，無聊地看着手機。

「阿倫，幾點了？」看手機的魔法師小聲地問，「明天誰來換班？」

「兩點多了。」叫阿倫的魔法師説，他在病房門口繼續來回踱步，「明早大概是力行他們來換班……」

「哎呀，真是睏呀。」看手機的魔法師伸了個懶腰，「明天回去睡一覺，下午還要送我女兒去鋼琴班……」

「她彈得不錯，上次給我彈的那首，很好聽。」

「可是她能完整彈下來的就這一首……」

忽然，病房旁的轉角處，一股微風輕輕地飄來，微風輕輕地旋轉着，形成了一股小小的旋風，在病房轉角處來回擺動着，這股旋風是透明的，幾乎察覺不到，只有轉角處那裏的大窗戶的窗簾跟着輕輕地擺了擺。

旋風在轉角停留了不到十秒鐘，隨後，這股旋風一擺，擺進了病房。

「……慢慢學，會越來越多啦……」阿倫不經意地走到病房的門前，下意識地通過門上的窗戶向裏面張望了一眼，「你女兒很聰明的……」

忽然，阿倫眉頭一皺，病房裏的一台呼吸機就擺放在監護器旁邊，受害者手術後不需要使用呼吸機，這台呼吸機的電線一直垂向地面。阿倫看到，那根電線輕輕地擺動了幾下，病房裏沒有風扇，翁長榮還沒蘇醒，阿倫頓時覺得有什麼不對。

「嘭——」的一聲，阿倫猛地推開門，他似乎感到了什麼，手在空中一揮，「顯身形！」

「唰」的一下，一個人形的傢伙就站在病牀旁，他的指尖正伸向翁長榮，看他的外形，應該是一個巫師。這個

71

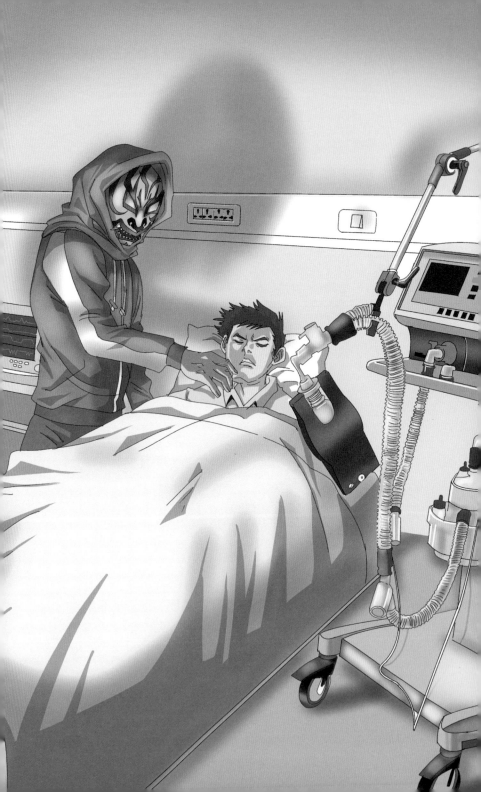

巫師帶着一個面具，巫師猛地發現有人闖進來，而且自己還被魔咒顯了形，當即愣在了那裏。

「家強，有個巫師！」阿倫大聲喊道。

他的話音未落，巫師一掌打過去，阿倫不知巫師厲害，根本不躲，伸手迎面對擊，「咔——」的一聲，巫師站在原地，毫髮未損，阿倫的身體倒退幾步，痛苦地哀吼着，只是一下，他的手臂已經斷了。

「喂，你幹什麼——」叫家強的魔法師衝了進來，巫師已經順手扯斷了導管，看見又有魔法師衝進來，一拳打了過來。

「家強小心，他的魔法很高——」阿倫捂着斷了的手臂，大聲提醒同伴。

家強慌忙一閃，巫師的拳頭打空，家強順勢一掌打在巫師身上，如同打在鐵塊上一樣，他心裏一驚。巫師又一拳打過來，家強這次沒有躲開，巫師的拳頭重重地砸在他的後背上，家強頓時被砸倒在地。

「怎麼回事——」阿倫進了病房後，兩名警察意識到可能有事發生，剛站起來就聽到裏面的打鬥聲，他們舉着槍衝了進來。

巫師看到舉槍的警察進來，一驚。「嗖」的一下，一

道藍光射了過來，那是阿倫發射的魔法閃電，巫師一躲，藍光從他頭邊劃過，打在天花板上。

「嗖——」巫師匆忙向病牀上的翁長榮射出一道閃電，閃電擊穿了他的被子，血頓時流了出來，翁長榮正處於手術後的麻醉期，一點反應都沒有。

「啪——」的一聲槍響，先進來的警察也開槍了，巫師此時有些慌亂，他一閃身，「啪——」的又一聲槍響，另外一名警察也開槍了，巫師一轉身，身體急速變化成一團旋風，轉瞬間就不見了。

「追——追——」家強掙扎着站起來，追出了病房，他開啟魔眼，看到巫師變化的旋風飄出了樓外，他拚力追了幾步，無奈剛才被擊中的部位就像是要斷裂了一樣，根本跑不動，他扶着大樓的落地玻璃，大口地喘着氣，最後，慢慢地倒下。

「啊——」兩名護士聽到聲響，衝進了病房，看到病牀上的受害者蓋着的被子已經被鮮血染紅，嚇得驚叫起來。

……

半個小時後，南森他們趕到醫院。面具巫師夜襲病房，這是他們得到的初步消息，病房這裏，已經非常忙

亂，受害者再次送進病房搶救，兩名受傷的魔法師也被送去急救，還好兩名警察沒有受傷。

張會長也趕來了，兩名魔法師受傷令他心急如焚，不過幸好，阿倫只是手臂骨折，家強嚴重一些，他的後背被擊打，血管有破裂，不過經過急救，生命無礙，畢竟這裏是醫院。

南森他們到了以後，對現場進行了勘驗，病房裏一團糟，很多儀器都倒在地上，天花板上還有被魔法閃電擊中的痕跡。

「阿倫，你怎麼樣了？」張會長帶着南森他們來到一間病房，阿倫躺在裏面，他的手術剛剛完成，張會長指了指阿倫，「黃偉倫，我們魔法師聯合會的魔法師，阿倫，這位是南森……」

「很高興認識你。」阿倫對南森笑了笑，「久仰了，南森博士。」

「謝謝。」南森笑笑，「你的傷？」

「沒什麼，醫生說今後慢慢靜養就可以了。」阿倫說着苦笑了一下，他沒受傷的那隻手做了一個出拳的動作，「面具巫師真是厲害，就這樣對了一下拳，我的手臂就斷了。」

　　「從我們的分析資料看，這是一個很厲害的角色。那你就慢慢養傷吧，兩、三個月應該就好了。」南森說。

　　「醫生也這麼說。」阿倫點點頭，「但願快點好起來。」

　　「你是怎麼發現面具巫師的？」南森問。

　　「我一直在門口踱步，順便往病房裏看了一眼，還好看了這一眼。」阿倫有些害怕地說，「呼吸機上的電線突然擺動，裏面又沒有風扇，我就覺得裏面有異常，衝進去後果然發現隱身的面具巫師，再晚一步，他就殺害受害者了。」

　　「阿倫，你是一個辦事謹慎的人，所以我把這個任務交給你。」張會長說，「我提醒過你，謹防魔怪隱身潛入病房⋯⋯」

　　「已經做了預防。」阿倫有些委屈地說，「病房周圍我和家強唸了禁入咒語，巫師魔怪穿牆時會被彈回來，但是⋯⋯」

　　「對不起，我明白了。」張會長連忙擺擺手，他看看南森，「面具巫師的實力太強大，破解了這個咒語。這就不能怪阿倫和家強了，實力達不到是沒有辦法的事。」

　　「我倆確實盡力了，和面具巫師正面交手的時候，

我們根本就不是對手。」阿倫說，「不過……本來我想他可能在病房裏把我們都殺死，他有這個能力，但是他好像很怕子彈，警察一射擊，他就跑了，我知道他曾經在小巷裏中過一槍，按理說這麼有魔力的傢伙是不怕子彈的。當然，也許是他已經完成了刺殺任務，急着跑掉，警察進來後他向受害者射出了一道閃電，我們沒能阻止住……」

　　說着，阿倫很是無奈地低下了頭。

　　「你們盡力了，盡力了。」張會長連忙安慰道，「別擔心，家強也沒事……」

　　「那個我們保護的受害者……」阿倫用懊悔的目光看着張會長，「死了吧？」

　　「他正在搶救中。」

　　十多分鐘後，南森他們來到了醫生辦公室，一位剛剛給二次受傷的翁長榮做完手術的醫生隨後走了進來。

　　「這個傷者命真是大。」醫生把兩張X光片拿給南森他們看，「第一次被擊中，你們說的那道……閃電……穿透了手機後射在一根肋骨上，打斷了肋骨後，能量耗盡，沒有再往前走，否則他就被射穿了，一定救不過來。在病房他又被……閃電……攻擊，閃電穿過了他的肚子，但他真是萬幸，所有的重要內臟都沒有被損害，只是腸子被劃

傷，失血較多，可這裏正好是醫院，輸血非常及時。沒事了，手術很成功，明早他就能醒過來，我只是希望不要再次發生這樣的事⋯⋯」

「不會的，我會親自守在他的病房。」南森説着看看張會長，「我們走後，要加派人手，派四名魔法師守在這裏。」

「沒問題，這個我會安排，不會再有意外了。」張會長連忙説。

「另外⋯⋯」南森沉思了一下，他看看醫生，又看看張會長，「醫院外面一定有記者吧？」

「有，他們消息很靈通。」張會長説。

「找個魔法師，去向他們透露消息，就説翁遭到二次攻擊，已經死了。」

「啊？」張會長先是一愣，隨即指着南森，笑了笑，「嗯，南森，我明白你的意思了，我這就打電話叫人去把消息散出去。」

「這樣那個面具巫師就不會來偷襲了，對吧？」派恩問道。

「當然。」本傑明説，「這都看不出來。」

「我就是確定一下啦。」

78

「沒什麼別的事，我先走了。」這時，醫生站了起來，「我還有病人要看。」

「好的，謝謝你了。」南森説，「我們可不可以借用一下這個辦公室，談些事。」

「沒問題。」醫生説。

醫生走了，大家再次坐下，張會長已經打完了電話，南森的臉色則一直有些陰沉。

「一定是哪裏出了紕漏，面具巫師知道了這裏，還知道翁在他的第一次攻擊下沒有死，所以來進行刺殺。」南森的聲音不大，「他一定要置翁於死地。」

「消息不會走漏了吧？」海倫想了想説，「會不會是面具巫師第一次攻擊後先藏起來，後來跟着救護車去了醫院，看準時機再下手呢？」

「不會的，根據他的身手，如果是跟蹤，不會等救護車開到醫院，半路就下手了。」南森搖了搖頭。

「那消息是怎麼洩露的呢？」本傑明很是疑惑。

「今後我們處理這個案件要特別小心了。」南森説，「是我有疏忽，明知道兇手就在謝斐道那個區域……你們記得嗎？我們剛才在謝斐道上翁被襲擊的現場，公開談論案情，如果兇手就在附近，以他的能力，完全能聽到我們

的談話。」

「確實是這樣，有這種可能。」張會長說着看看南森，「南森，你也不要自責，如果不是你及時叫我安排人手看護翁長榮，他已經被刺殺了。」

「保護證人是基本工作。」南森擺擺手，隨後環視着大家，「不管怎樣，我們今後談論案情要特別小心，尤其是在謝斐道上。」

「現在我們是不是要等翁長榮醒來，直接向他了解案情。」張會長問。

「對，翁長榮見過面具巫師。」南森說，「面具巫師倒是有充分的防備，他來醫院行刺，隱身並戴上了面具，這點他比我們想得周全。」

「是個對手呀，行事縝密的對手。」張會長感慨地說。

「我們更要縝密。」南森的口氣很堅定，「其實他一直在和我們較量。」

「博士，我覺得這個傢伙一定就住在謝斐道上。」派恩的聲音很大，「他急着想把翁殺害，就是怕翁說出他的名字或是認出他。」

「是呀。」南森又陷入沉思中，「他怎麼知道第一次

攻擊後翁沒有死呢？」

　　大家都想着哪裏出現了問題，但是只能判斷是在謝斐道上辦案的時候有些話被面具巫師竊聽到了。

　　十多分鐘後，從手術室出來的翁長榮又被送進了那間深切治療部病房——那裏已經被快速清理，摔壞了的兩台設備，也換上了新的。

　　南森他們來到深切治療部門口，距離天明還有兩個小時，張會長要求留下，南森叫他和海倫、本傑明、派恩在隔壁的房間休息，自己帶着保羅守在深切治療部門口。兩名警察剛才沒有受傷，他倆繼續在門口守衛。

　　保羅已經開啟了魔怪預警系統，防止面具巫師再次偷襲，南森把顯形粉灑在病房的四周，這樣面具巫師再來，還未穿越就會觸碰到顯形粉，暴露出真面目來。張會長也派來了四名魔法師，此時兩名在隔壁房間休息，另外兩名則直接在病房裏，面對面地看護着翁長榮。

　　整晚的忙碌，令南森強忍着襲來的睡意，保羅看出了南森的表情，他叫南森靠在椅子上休息一會，這裏由他來守護。南森坐到了椅子上，但是沒有休息。

　　「剛才警察用槍射擊了面具巫師。」保羅低聲說，他看了看兩名警察，兩名警察由於剛才的襲擊事件，略顯

緊張，「面具巫師好像害怕槍械攻擊，我要是用導彈攻擊他，他一定被嚇死！」

「是呀，確認他是個巫師就容易理解了，巫師體徵就是人，儘管魔法高超，但多少會害怕槍械攻擊。」南森小聲地説。

保羅點點頭，他很忠於職守，病房裏的兩名魔法師也處於高度戒備狀態，門口的兩名警察和南森則不知不覺地睡着了，早上七點多，一名魔法師推門從裏面走了出來，跑到醫生辦公室去叫醫生——翁長榮醒過來了。

第八章　有了較為具體的目標

醫生匆匆走進病房，經過十多分鐘的檢查，翁長榮的一切體徵狀態良好，意識清晰，只是身體顯得有點虛弱。

醫生走出病房，張會長和海倫此時也趕到了病房門口，看到醫生出來，他們立即迎了上去，醫生告訴南森，他們其中兩個人可以進去問話，但時間不能超過二十分鐘，南森滿口答應。張會長則告訴南森，記者們已經把翁長榮被二次攻擊死亡的消息散播出去了。

南森和張會長帶着保羅走進了深切治療部，兩名魔法師立即站了起來，隨後走了出去。翁長榮安靜地躺在病牀上，看着走進來的張會長和南森，面無表情。

「翁先生是吧。」張會長走到翁長榮的病牀邊，「你好，我是香港魔法師聯合會的張浩良，這位是倫敦魔幻偵探所的南森，我們有些問題想請問一下，你會說英語嗎？」

「一點點。」翁長榮的聲音不大。

「那好，我來翻譯。」張會長點點頭。

「翁先生，請問你認識那個攻擊你的人嗎？」南森單刀直入，張會長在一邊翻譯。

「當時天黑了，看不清他的樣子。」翁長榮皺着眉說。

「那麼你說說當時的情況，為什麼那傢伙會攻擊你？」南森說着掏出了一個本子。

「不知道。當時仁德大廈有人叫了外賣，我就去送啦。」翁長榮說着調整了一下平躺的姿勢，他的身上此時有三根導管，「我沿着謝斐道向前走，前面就是那個人，我一路就跟在他後面，快到仁德大廈的時候，他忽然停下看着我，我沒有理他，這時候，我看到地上有張十元紙幣，我就去撿錢，然後腦袋上就感覺到一股風聲，有個什麼東西從我的頭上飛了過去，我大吃一驚，那傢伙好像也很吃驚，緊接着他的手裏飛出來一道閃電，打到我的胸前，我就倒在地上了，後來我就什麼都不知道了。」

「你是故意跟着他的嗎？」

「哪有？我又不知道他是幹什麼的，我都不認識他，我只是在他身後走。」

「你一直跟着他嗎？」

「我沒有跟着他，我們是同一個方向，我就走在他身後。」

「你跟着他，啊，是同向行進了多少米？」

「一百多米吧，應該是。」

「你能認出他使用魔法攻擊？」

「一定是的！」翁長榮的聲音大了一些，「他的手裏射出一道閃電，我看得清清楚楚的，魔法書我看過幾本，這就是魔法攻擊。」

「他擊中你以後，去了哪個方向？」

「沒看清，我仰面倒地，胸口這裏痛得要死。」

「那你面對他的時候，他長得什麼樣？」

「天黑了，路燈不是很亮，我和他相距大概有十米，看得不是很清楚。」翁長榮回憶道，「個子和我差不多吧，很瘦，身穿外套，頭戴連着外套的帽子，大概就是這個樣子。」

「你能不能仔細回憶一下，他是否當地的居民？」

「這個……我不確定，不過那麼晚了，在那裏走，應該是當地居民吧。」翁長榮説。

南森把一些重點都記錄在本子上，保羅其實已經把整個問話過程拍攝並錄影了。

「那麼謝謝你，翁先生。」南森看看時間，已經問了十多分鐘了，「你要是想起什麼，記得通知我們，祝你早日康復。」

「謝謝你，希望你們早點抓到那個魔怪。」翁長榮勉強笑了笑，看得出，兩次攻擊對他身體造成的損傷還是很大的，「我知道，你們都是魔法師，我的判斷是對的，那人是個魔怪。」

「對，對。」南森點點頭，「我們會盡最大努力的。」

出了病房，海倫他們都已經站在門口了，他們全用希望的目光看着南森，南森揮揮手，叫大家都去那間借來的醫生辦公室。

「翁看不清那個攻擊他的人的樣子。」進門後，南森直接說，「他只是猜測那人可能是當地居民。」

「哎……要是他能認出來……」本傑明長長地歎了口氣，剛才他一直很興奮。

南森叫保羅把剛才問話的錄影給大家播放了一遍，海倫他們看得很認真。看完後，南森先是在小本子上寫了些什麼，隨後環視着大家。

「整個問話你們都看了，有幾個謎團能解開了。」南

森説着從口袋裏掏出那團蛛絲，「翁口中的魔怪，也就是我們説的面具巫師，向翁射出這團蛛絲，但沒有纏住他，翁本身不是一個魔法師，避開的原因是當時他低頭去撿地上的錢，面具巫師射出的蛛絲從他的頭頂劃過，我們在現場也看到了地上的鈔票。」

「可面具巫師為什麼要攻擊他呢？」海倫很疑惑，「翁又不是魔法師，也不是警察。」

「這正是我要説的，很重要的一點。」南森嚴肅地説，「我們知道翁不是，但是面具巫師認為是，為什麼呢？因為他心虛，因為我們一早就勘驗了現場，面具巫師知道有魔法師介入了，他感到了恐慌，翁跟着他走了一百多米，一直走在他身後，這對一個剛剛作完案的人來説，很容易就判斷自己被跟蹤了，於是他展開了攻擊，而蛛絲攻擊又恰巧被翁躲了過去，面具巫師不知道翁能躲開是因為去撿錢，反而判斷他是手段高超的魔法師，所以第二個動作就是射出閃電手，這次倒是輕易地擊中了翁，然後他就逃走了。」

南森把話一口氣説完，他的思路和推論非常縝密。他的話説完後，整個辦公室裏一點聲音都沒有。

「很有道理。」半分鐘後，張會長第一個開口了，

「面具巫師懷疑被跟蹤了，所以又出手了，這次和被高志勝糾纏不一樣。」

「我覺得博士説的很對。」本傑明跟着説道，「但是翁不認識面具巫師，具體是誰還不能確定。」

「具體的地方基本能確定了。」南森突然説。

「哪裏？」包括張會長，大家一起問。

南森笑了笑，沒有立即回答，他讓保羅把地圖打開，保羅的後背升起了一塊電腦熒幕，上面調出謝斐道的地圖。

「重點就是這裏──」南森指着地圖説，「仁德大廈！第一次的攻擊，就在仁德大廈旁的小巷子裏，如果假設面具巫師是那裏的居民，那麼平常走那條小巷，就太正常了。第二次攻擊，發生在仁德大廈正門前不到一百米的地方，面具巫師是向那裏走的時候感覺被翁跟蹤了，那個時間段很晚了，也許他根本就是要回那座大廈的。」

「大廈門口都有監控的，我們可以去調取來看看。」派恩叫了起來，「如果他是巫師，不使用魔法的話，攝影機能拍到他的影像。」

「不大可能拍到。」南森搖了搖頭，「又做了一宗案件，他會隱身逃走，而且不會走大廈的正門，他了解那裏

案發區域位置示意圖

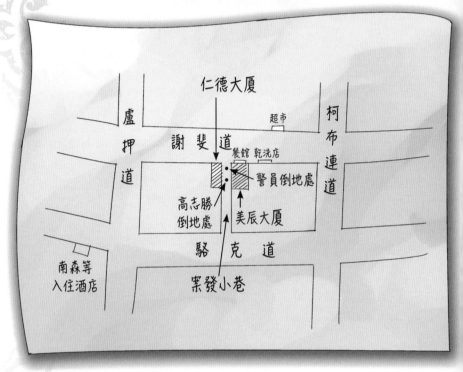

有攝影機，找個隱蔽的地方穿越進去就行。」

「對呀，他會很謹慎的，哪像你？」本傑明立即對派恩説。

「我也是在推理嘛。」派恩不高興地晃晃腦袋。

「我們穿牆進入仁德大廈後，我向大廈裏發射過搜索信號。」保羅在一邊説道，「好像沒有找到什麼。」

「大廈是鋼筋混凝土建造的，如果是在高層，信號很大程度會被遮擋。」南森説，「如果他是個巫師，自身不會有魔怪反應，雖然他使用的魔法用品或魔藥能有些許反應，但那些反應很小，近距離探測才能找到。」

「那我們就挨家挨戶地找。」保羅説，「要是這個面具巫師常年住在某單位，我就不信一點痕跡都不留。」

「博士，那我們就對仁德大廈開始搜索吧。」海倫很有信心地説，「你説得對，面具巫師最有可能隱藏在那座大廈裏。」

「嗯，我也是這樣認為。」張會長略有感慨地看着南森，「不過南森，上學的時候我真的沒看出你在偵探方面的天賦……」

「你那時候每天都在談戀愛，怎麼會關注我……」南森説道，不過他意識到現場有好幾個未成年的孩子，立即不説話了。

「是嗎？」派恩大叫起來，「張會長，那你是怎麼畢業的？」

「噓──噓──」張會長很是不好意思地做了幾個噤聲的動作，「小孩子，不要談論這個，我們現在要儘快抓到面具巫師。」

「對，這個是首要工作。」南森看了看張會長，「張，我們先要了解，這座大樓裏哪些人有隱居的特徵，這種特徵也就是魔怪隱藏的特點，比如沒有家人，也從來沒有親戚朋友上門，不和鄰居來往，從來不在附近餐廳吃飯，更不叫外賣，沒有正常職業，但是一直生活得很好，總之，就是比較異於常人的住戶，找到這樣的住戶，我們的搜索範圍應該更小了。」

「我去聯繫警方和業主委員會，他們能提供一些線索。」張會長點點頭。

「另外，我還需要大廈的樓層圖。」南森補充道。

「這也好辦。」張會長說，「消防局就有。」

「張，辛苦你了。」南森站了起來，看了看小助手們，表情突然嚴肅起來，「接下來就是我們的工作，很重要的工作！」

幾個小助手都站了起來，也變得很嚴肅。

「我們回酒店去休息！」南森宣布道，「從昨天到現在，我們一直忙碌着，很少休息。接下來才是真正的較量，我可不想昏沉沉地去對付這樣一個魔力高強的傢伙，所以我們要回去休息一下。」

「我把調查情況和樓層圖下午再送到酒店？」張會長

92

問道。

「中午就行。」南森説,「我們可是魔法師,馬上就能調整過來。」

本傑明他們聽説很重要的事就是回去休息,很是失望,但南森説的是對的,他們此時確實有些昏沉沉的,這種狀態去對付一個魔法高強的巫師,確實有些心有餘而力不足。

張會長去謝斐道了解情況,南森他們回到酒店,大家很快就去休息了,海倫隱隱地預感到,一場不可避免的大戰正在悄悄降臨。

保羅不用休息,他趴在落地窗前,看着下面的車水馬龍,匆匆過客。他自己又把一些痕跡資訊核對了一遍,南森已經叫他分析過那團蛛絲了,資料結果顯示這團蛛絲就是在小巷裏殺害警察和居民的那個巫師所有,痕跡證據足以證明這樣一個巫師的存在,具體的方位也有,他們只需等待更為詳盡的資訊。

中午很快就到了,南森預設好鬧鐘,第一個起來,他來到客廳,看到保羅就在落地窗前。

「張還沒有來?」南森問。

「沒有,你可以多休息一會。」

「夠了，我已經休息好了。」南森一邊說着，一邊很少見地揮了揮拳頭，展示自己的力量。

海倫他們也陸續起來，派恩是被本傑明叫起來的，起來後還迷迷糊糊的，他們吃了午餐，剛吃完沒多久，張會長就來到，他的手裏拿着一張很大的樓層圖。

「有收穫，有收穫。」張會長一進門就說，他把樓層圖平鋪在桌子上，四角用書本壓住。

「張，你要不要休息一下？」南森關切地問。

「我沒事，我昨晚休息過。」張會長笑笑，「業委會和警方都提供了一些資訊，仁德大廈一共二十層，樓齡四十年，不多不少，一共一百個單位。」

「有沒有異常的人？」海倫連忙問。

「有，3、7、9、10、19樓，這幾層每層都有一戶有異常的人。」張會長說，他拿出了一個本子，「3樓這個人幾乎從不出門，兩年前搬來的鄰居還沒有見過他……」

「這完全是隱居呀，那他吃什麼？」海倫問。

「有個工人每周給他送米麵和蔬菜什麼的，啊，還有日用品，一次送很多。」

「可以忽視了，魔怪不吃人類食品，巫師魔性增強後，和魔怪一樣。」南森說。

「我也這樣想。」張會長說着把3樓那人的名字劃掉，隨後繼續介紹，「嗯……7樓是個很老的老婆婆，沒有家人，很少外出，但是身手矯健，和實際年齡不符，家中經常有些像鬼片裏的音樂傳出來，很嚇人，有個送快遞的敲錯門，看見她在家裏手持盾牌，揮舞寶劍，很是奇怪，她還把那送快遞的人罵了一頓。」

「很奇怪的人，不過……」南森笑了笑，「真正隱蔽的魔怪或者巫師不會這麼大的火氣，他們唯恐暴露，不會因為人家敲錯門而去罵人。」

「那這個也要劃掉。」張會長說着劃掉了老婆婆，「9樓和10樓是兩個男子，表現都差不多，就是出門比較少，也沒有親朋上門，沒有人見過他們在附近茶餐廳吃飯，見到鄰居最多笑笑，誰也不知道他們是幹什麼的，一直都很神秘。」

「還有沒有具體的特點？」南森問。

「沒有了。」

「這兩個人倒是很符合魔怪或巫師隱居的特徵。」南森點點頭，「只是隱居，沒有特徵也沒有特點，這樣才能不引起人家過多的關注。」

「那先查這兩戶。」張會長在這兩戶人家後面各畫一

個圈，「一戶是901，一戶是1005。」

「19樓這戶……也是個獨居的男子，樣貌醜陋，平時極少外出，就是為數不多的外出，也嚇哭過幾次鄰居家的小朋友。」張會長繼續介紹，「住在那個單位三十多年了，鄰居都不知道他叫什麼，是幹什麼的，平時行為非常詭秘。曾有高利貸公司在他家門口潑漆，噢……這個好像也不是……」

「魔怪和巫師不會去借高利貸。」南森微微點着頭，「他們使用魔法弄錢，很容易的。」

「那這個也劃掉。」張會長說着把19樓的那人也劃掉，「嗯，就剩下9樓和10樓的那兩個人了，他們都是獨居。」

「這兩個人是重點調查對象。」南森說着看着那張樓層圖，他指着901和1005的位置，「是這兩戶？」

「對，就是這兩戶。」

「如果面具巫師是在這其中一戶，那麼我和保羅穿牆進入大廈的那次，保羅探測不到什麼就不足為奇了。」南森解釋道，「隔着那麼多混凝土樓層，信號都被遮擋了。」

「這次我要站在901和1005室的門口探測。」保羅大

聲説。

「這兩戶是重點，也不排除資訊不完善。」南森仔細地看着樓層圖，上面每個單位的構造都非常清楚，「那我們出發，先搜這兩個單位，如果沒有，我們再逐家查探。」

「我們快走。」本傑明和派恩激動地説，同時都拿出各自的幽靈雷達。

「千萬不要張揚。」南森叮囑道，「巫師就住在仁德大廈，我們這幾天在這裏查案，他一清二楚，如果我們手裏拿着儀器勘查，被他發現，也許會立即逃走。你們把幽靈雷達放到袋裏，不要拿在手上。」

第九章　兇手突現

南森做了一番布置，隨後大家出了門，這時正是中午十二點多，他們走了一會，轉到了謝斐道上，前方二百多米，就是仁德大廈，這幢建築在周圍眾多的高大建築中，並不是很突出。

南森他們低着頭，默默地向前走着，他們想快速進入仁德大廈，隨後上到9樓和10樓進行搜索。警方已經得到了張會長的通知，在大廈附近布置了一些便衣警察，更遠的街道上，兩輛警車中十幾名荷槍實彈的警察隨時待命，準備增援，南森向警方提供了一個資訊，那就是面具巫師對槍械攻擊相對比較害怕。

魔法師聯合會方面，張會長也通知了三名魔法師，叫他們趕快前往仁德大廈附近待命，協助搜查。

南森走在最前面，他的身邊是張會長和保羅，身後是幾個小助手，臨近大廈不到100米的時候，突然，一個叫聲傳來。

「啊，那是倫敦來的魔法師──」一輛停在路邊的汽

車的車門被推開，一個男子手裏拿着麥克風從車上出來，另一個男子扛着攝影機，推開另一扇車門衝了下來，他們是蹲守在這裏搶新聞的記者，看到南森再次出現，立即興奮起來，衝着南森就撲了過來。

這兩個記者一叫，七、八個記者也不知道是從哪裏冒出來的，一起撲了過來，一些過路的居民也駐足觀看，其中幾個認出南森就是這兩天一直在這裏查案的偵探，也圍了上來，本來還算平靜的街面上頓時熱鬧起來。

三個隱藏着的便衣立即上來攔住那些記者，但是南森他們向前走的路被記者們堵住了，張會長幫忙推開那些人。南森很不高興，原本想悄悄地上樓，這裏也沒有再發生什麼案件，可沒想到還有記者蹲守在這裏。

「謝謝，謝謝，我們有公事……」張會長和便衣阻擋着那些記者，「請讓一下……」

「請問大偵探，你就是南森吧？」一個記者伸過來長長的麥克風，「聽説這裏有兩個魔怪，一個長着五個頭，一個長着八個頭，是不是真的？」

「無可奉告，無可奉告。」張會長苦笑着説，南森則低頭不語，海倫他們跟在南森後面，被記者和居民圍着，很不自在。

「先生，請不要妨礙我們執行公務。」一個便衣拉住
了那名記者。

這時，三名便衣走過來增援，四、五個身穿制服的警
察也過來維持秩序，他們一起努力，攔住了那些記者，勸
阻了幾個跟在南森他們身後的居民，南森他們這才脫身，
繼續向仁德大廈走去。

「我們的行蹤暴露了。」南森低聲對張會長說，「哪
裏來的記者呀？」

「哎，無孔不入的記者，他們躲在看不進去的汽車
裏，誰知道車裏是記者呀。」張會長歎了口氣說。

前方十多米，就是仁德大廈了，由於剛才樓下的喧
鬧，驚動了大廈裏的人，幾個大廈居民和幾個路人站在謝
斐道上大廈的正門，看着向這邊走來的南森他們。南森抬
頭向正門那裏看了看，突然，他的心裏一動。

「不要進入大廈，跟着我向前走。」南森突然壓低
聲音對張會長說，隨後，他回頭看看幾個小助手，「跟上
我，什麼都不要說。」

南森說着徑直向前走去，張會長和幾個小助手先是
一愣，不過還是按照南森的指示，一直跟着他向前走。很
快，他們就經過了仁德大廈的正門，門口那些人都看着南

101

森，南森則低着頭，一直向前走去。

大家也不知道南森要去哪裏，只是靜靜地跟着他。走過仁德大廈正門十多米後，南森從口袋裏掏出一枚幾乎是全透明、很不容易看見的小球，這枚小球大概有乒乓球的一半大。

「跟蹤球，去大廈門口，跟着那個穿藍色運動鞋的瘦男人，這人戴着連衣帽。」南森壓低聲音，唸了一句魔法口訣，隨後，他把那枚小球扔在了地上，繼續向前走去。

小球掉在地上，立即彈起不到二十厘米高，隨後再次落下，這樣彈了幾次，小球有方向，它很快就彈到大廈正門，隨後靜靜地躺在一角，不動聲色，因為它幾乎是全透明的，誰都沒有發現它。

南森他們繼續走着，他們很快就越過了美辰大廈，美辰大廈門口也有三、四個人看着他們，他們就這樣在謝斐道上一直走，走過美辰大廈後，南森看看自己不再被注意了，碰了碰張會長。

「聯繫警車，我們去警車上。」

「好的。」張會長説着掏出了手機。

幾分鐘後，南森他們上了一輛停在謝斐道和柯布連道路口的一輛警車上，拉上車門，南森看了看大家。

「那個巫師就在仁德大廈正門，就是那個戴連衣帽的瘦男子，大概四十多歲。」

南森的話就像是晴天裏的一個響雷，大家都一驚，事情發生得居然這麼突然，他們連搜索都沒有進行呢。

「博士，到底怎麼回事？你怎麼知道他是一個巫師？」本傑明急着問。

「因為在剛才那個瞬間，謝斐道上的第三個瞬間，他不能再騙過我的眼睛了。」南森説着用手在半空中劃了一個圈，一團白色的氣霧出現了，「霧屏，伸展。」

白色的氣霧在南森的口訣下，很快伸展開，形成了一個A4紙大小，邊緣不規則的浮動熒幕，只不過這熒幕的基底是霧狀的。

「跟蹤球，開啟跟蹤眼。」南森又唸了一句口訣。

霧狀熒幕上，突然出現了幾個人的身影，觀察視角是仰視，本傑明認出，這裏就是仁德大廈正門前的街道。

跟蹤球上的透視眼鎖定的是一個身材較瘦的男子，他的腳上穿着一雙藍色的運動鞋，上身穿着運動衫，儘管天氣不太冷，但運動衫上的帽子還是罩在頭上。這個人獨自站在幾個議論紛紛的人身邊，一直沒有參與他們的説話，跟蹤球傳回了畫面，但是沒有聲音。

忽然，男子轉身向大廈裏走去，跟蹤球立即跳起來跟上，跟蹤球是跳躍的，所以畫面也是跳動的。

　　男子走到電梯前，按下了電梯按鈕，跟蹤球在他身後一米多的地方停下，觀察着他，誰也沒有發現地上有這樣一枚透明的球。

　　電梯下來了，門打開，裏面走出來一個老婆婆，男子隨後走進電梯，跟蹤球立即跳進電梯，並立即閃到男子的身後，它的跳動毫無聲響。

男子按下了按鍵——10樓。跟蹤球躲在電梯一角，很快，10樓到了，男子出了電梯，向自己的住所走去。

跟蹤球立即跟上，它還是跳躍着前進，樓道裏有些雜物，跟蹤球躲閃着那些雜物，跟在男子身後。男子來到1005室門口，儘管畫面一直在跳動，但是男子站着的門牌號在畫面中出現了，南森他們也看清了，他就是1005室的那個住戶。

男子停下來掏鑰匙，跟蹤球似乎要跟着他進屋，突然，跟蹤球不小心，撞到了紙箱上，發出「嘭」的一聲，這個聲音很沉悶，但是不大，男子已經打開了門，但是他聽到了這個聲音，門還沒被推開，他卻停住了。

「不好。」南森驚叫一聲，隨即起身。

男子猛地一回頭，看到了在他身後跳躍的跟蹤球，他隨手一甩，一道閃電「嗖」地射出，直直地飛向跟蹤球，跟蹤球立即一閃，閃電從跟蹤球左側劃過。

「嗖——嗖——嗖——」男子又射出三道閃電，跟蹤球極靈活地跳躍着，左閃右躲，躲閃開三道閃電的攻擊。

「嗖——」，跟蹤球突然跳起一米多高，對着男子反射出一道閃電，男子慌忙一躲，閃電打在門上，門被射出一個洞，還有焦糊的煙霧冒出來。

　　男子一驚，雙手一推，四、五道閃電一起向跟蹤球飛出，跟蹤球躲過了兩道，第三道飛赴過來，「啪」的一聲就射在了跟蹤球上，隨後火花飛濺，跟蹤球彈落在地上，滾了幾下，不動了。

　　警車這邊，南森揮揮手，示意大家跟上自己，隨後拉開車門跳了下來，幾個小助手也跟着跳了下來。

　　「幻影移動——」南森唸了一句口訣，身體「唰」地一聲不見了，他急速地隱形前進，很快就飄到了仁德大廈1005室的門前，1005室門前，看不出有什麼大的異常，只有南森的跟蹤球掉落在地上，渾身發黑，像是被煙熏過一樣。

　　1005室的大門關着，南森想着是否推門闖入，大門忽然被拉開，一個瘦瘦的男子背着一個包，正走出來，看到南森，這個男子一驚。南森上去就想抓到這個男子，男子用手一擋，把南森的手撥開，還沒有等南森做第二個動作，男子另一隻手極快地擊來，重重地砸在南森的肩膀上，南森當即就被砸得身子一歪，差點倒在地上。

　　男子背着包，奪門而出，但走出去一米，南森便再次站立起來，對着男子的後背就是一拳，男子沒有防備到，當即被砸倒在地，南森上前一步，準備抓住男子，男子靈活地一滾，南森沒有抓到，男子剛要站起來，南森看准機

會猛撲上去，這下準確地按住了男子。

　　男子並不慌張，忽然，他的身體上多出來四隻蜘蛛腳，加上原來兩隻手和兩隻腳，一共八隻，一起抓住了南森，隨即猛地一滾，南森反倒被他按住，南森使勁掙扎了一下，但是按著他的手腳太多，怎麼也擺脫不了。

「縮——」南森唸了句口訣，身體突然變得很小。

男子這下失去了目標，他一時看不見南森在什麼地方了，手腳也無奈地縮了回去。正在這時，幻影移動速度比南森稍慢的張會長終於趕到，他飛起一腳，把那個男子踢翻在地。

南森翻滾到一邊，身體再次恢復，張會長一拳打在試圖爬起來的男子身上，男子一躲，張會長的拳頭打空了，男子站立起來，看着南森和張會長。

「嗖——嗖——」，男子向張會長和南森各射出一道蛛絲，兩人對此早有準備，連忙閃開。男子這一招明顯是虛晃一槍，他推開門，跑進了住所，隨後重重地關上了門。

「博士——博士——」，海倫他們喊着衝了過來，他們的幻影移動速度較慢。

「面具巫師就在裏面。」南森指着大門説，「我和張都和他交過手了，很厲害……」

「那就衝進去抓他。」派恩説着就去推門。

南森急忙去拉，及時拉住了派恩，但是派恩的手幾乎觸碰到了大門，就在那一瞬間，大門發出一道藍色閃光，派恩的手立即被電到，手指尖發出「哧」的一聲。

「啊——」派恩急忙抽回了手，他的指尖都黑了。

「派恩，你沒事吧。」海倫急忙上前抓着派恩的手看。

「沒事，沒事。」派恩心有餘悸地看着那扇門，「好厲害，好厲害。」

「凱文，你們在哪裏？」張會長拿起了手機，撥通了已經趕來的魔法師的電話。

「我們在仁德大廈外。」電話裏傳來一個魔法師的聲音。

「守在小巷裏，注意10樓。」張會長立即布置道，「1005室發現巫師，他家的窗戶正對着美辰大廈，下面就是那條無名小巷，他要是跳窗就立即截擊。」

「明白。」電話裏傳來回答的聲音。

「他就在裏面。」保羅説道，他開啟了透視眼，看着1005室，「一共兩個房間，一個客廳，他就在靠着小巷的房間裏。」

「我怎麼看不清。」海倫也開啟了透視眼功能。

「我看得也不清楚，他用魔法設置了障礙。」保羅説道，「我是通過透視眼篩檢程式穿過那些障礙看到的，這是我的電子功能在起作用。」

另外一邊，南森拿起手機直接和警方聯繫，他要警方立

即疏散仁德大廈和美辰大廈兩座大樓裏的居民，謝斐道的這個路段也要封鎖起來，警方還要加派人手在周邊警戒。

「博士，我們轟開這道門，然後攻進去！」看到南森放下電話，本傑明看着1005室的大門，有些激動地說。

「一定要先疏散居民。」南森指着大門說，「這是他隱藏很久的居所，從他知道被我們發現那一刻，整個單位就被他用魔法設置了阻攔，不可能輕易攻進去……一場惡戰是不可避免的。」

南森說着，微微地搖着頭，眉頭也緊鎖着。

「我明白了。」本傑明點點頭，皺着眉看了看那扇大門。

「海倫，本傑明，你們一個去905室，一個去1105室，叫警察先把這兩家人疏散，然後你們把905室的天花板和1105室的地板都安上無影鋼鐵牆，既然巫師跑回家，那我們就徹底把他封閉起來！」

第十章　藍光保護罩

海倫和本傑明答應一聲，走了。這時，一個老人家從走廊裏走過，張會長立即上前一步，請那老人立即離開大樓。老人看着張會長，將信將疑地下樓去了。

南森走到1005室的門前，小心地看着那扇門，隨後，他看了看四周，發現不遠處有一個箱子，南森打開箱子，裏面有些雜物，南森看到一個玩具遙控器，他看了看遙控器的天線，那是一根鐵絲，南森把鐵絲扯下來，掰成兩段，然後拿着這兩段小鐵絲來到1005室的門前。

距離大門兩米，南森把一段鐵絲扔了過去，「唰」的一聲，鐵絲飛過去後，大門立即散發出藍光，一道藍色氣霧一樣的屏障生成，還微微顫動着。鐵絲被飛快地吸附上去，隨即「啪」的一聲，鐵絲在藍色屏障上發出耀眼的光芒後被徹底分解，變成碳末飄灑下來，升上去的則是一股小小的黑煙。

南森把另一段鐵絲拋向1005室的外牆，「唰」的一聲，牆壁也發出藍光，一道藍色氣霧狀的屏障生成，鐵絲

被吸上去後一閃,隨即碳化,生成一股黑煙。

「藍光保護罩。」南森看了看張會長。

「最頂級的防護系統。」張會長搖着頭,面色凝重,
「攻破這個系統很難呀……」

十分鐘後，海倫和本傑明先後回來，他們已經按照博士的要求完成了任務。這時，很多警察已經衝進了大廈，挨家挨戶地疏散居民，有些居民很不情願，他們也不知道發生了什麼，所以一些吵鬧聲不時地傳來。

南森從走廊的窗戶向樓下看了看，很多居民正在向外走，並被警方護送到安全的地方。謝斐道上，大批的警察已經趕到，封鎖了道路。張會長已經打電話叫來了他手下所有的魔法師。

「博士，接着我們怎麼辦？」本傑明走過來，着急地問，他剛才看到了南森的試驗，他也知道，藍光保護罩是頂級魔法師用來自保的防護裝置，可以保護身體，也可以保護住所。

「等居民疏散後，用保羅的導彈轟擊。」南森説着看了看這層的走廊，「這裏一定會受損了。」

「我覺得……」保羅看了看那扇門，「可能要兩枚導彈才能轟開。」

「只要能炸開保護罩，多少枚導彈都是次要的。」南森説，「要儘快抓住他，不能這樣僵持下去。」

吵鬧聲越來越小了，大樓的居民被疏散得差不多了，南森請警方一定要把居民全部疏散，尤其是9、10、11樓

的居民。

十多分鐘後，警方打來電話通知，仁德大廈和美辰大廈的居民已經全部被疏散了。張會長召集的魔法師也大都趕到，四名魔法師被安排在小巷裏，防止巫師跳窗逃走，另外五名魔法師守在美辰大廈10樓和巫師家窗戶面對面的一戶人家裏，他們向南森通報，巫師家的那扇窗戶拉着厚厚的窗簾，巫師有兩次拉開了窗簾，還挑釁地對他們揮了幾次拳頭。根據他們的探測，那扇窗戶一樣被藍光保護罩籠罩着。

保羅用透視眼一直看着房間裏巫師的動向，他還探測到了房間裏傳出的極弱的魔怪反應，藍光保護罩明顯遮蓋掉了很多魔怪反應，藍光保護罩對透視眼的阻隔很成功，包括南森在內，屋外的魔法師們都啟動了透視眼，但幾乎都不能看清裏面的巫師。

南森一直估算着轟擊效果，接到警方的疏散居民完畢的報告後，他走到保羅身邊，把保羅的後蓋打開，從裏面取出了一枚追妖導彈。

「我把導彈直接安置在門前，你用電子遙控起爆。」南森説。

「沒問題。」保羅點點頭，他顯得很興奮。

　　南森拿着那枚導彈，走到門前，海倫按照南森的吩咐，已經找來兩個箱子並放在門口。

　　南森叫海倫他們後退到走廊轉角處，隨後把箱子疊起來，箱頂距離地面有一米多高，距離大門僅有二十厘米，南森小心地把導彈放到箱子上，彈頭對着大門，並探出箱子幾厘米，彈頭距離大門十幾厘米。如果靠得再近一些，導彈就會被吸附上去。

　　布置完畢，南森謹慎地又看了看周圍的情況，隨後快步來到走廊轉角處。

　　「大家注意，要是能炸開大門，我第一個衝進去，我看過房型圖了，裏面的空間不大，海倫和本傑明，你們在我的左後方，張，你和派恩在最後。」南森比劃着說，「老伙計，你不要衝進去，萬一巫師衝出來，你直接用導彈攻擊！」

　　「是！」大家一起回答道。

　　「大家退後，老伙計，準備起爆！」南森指揮大家全部後退，隨後指了指大門口方向，「聽我口令，一、二、三！起爆！」

　　「轟——」的一聲巨響，保羅遙控導彈在巫師的門前爆炸，導彈隨即爆炸，巫師的門前掀起一股氣浪後，煙氣

升騰，隨即是各種炸落的石塊掉下來的聲響。

南森小心地把頭探出轉角，看了一眼後揮揮手，帶着大家衝了過去。衝到門口，他們全都站住了——1005室的大門完好無損，對面的牆壁則被轟開了一個大坑。

南森他們全都感到非常吃驚，雖然他們對藍光保護罩的強大防護功能聞名已久，但是被追妖導彈攻擊後，大門在藍光保護罩的覆蓋下完好無損是他們沒有想到的，南森覺得這扇門最少也應該被轟開一個小缺口，只要能達到這個效果，那麼再轟擊幾次，就能把大門炸開了。

「博士，我到905室去，移開鋼鐵牆，炸開天花板，就能衝進去了，或者去1105室炸開地板。」保羅想到一個辦法。

「沒用的，那裏一樣會被藍光保護罩覆蓋。」南森搖了搖頭説。

「這種保護罩的防護能力是靠能量支持的，而能量會被耗盡，巫師為保護罩提供的能量總有個限度，如果這些能量耗盡，我們就能輕鬆地破門了。」張會長看着門説。

「是呀，不過最大限度……好像如果提供的能量大，保護罩防護能力持續兩天都沒問題。」南森説。

「南森，我們來把保護罩的能量耗盡？怎麼樣？」張

會長兩眼一亮，想到了一個辦法。

「耗盡能量？」南森稍微遲疑了一下，「可以試試。」

「來，我們兩個的能量一起用上。」張會長説着揮揮手，他對着那扇門猛出一拳，「能量拳——」

張會長的手臂頓時被一股白光籠罩，隨即他的身體也被白光籠罩，白光擊打在那扇門上，藍光保護罩的外體和白光相遇，緊緊地吸住了白光，兩個光體都顫動起來，變成藍色的一股股射線從相遇的地方散發出來，每股都有一米多長。

「能量拳——」南森唸了一句魔法口訣，也一拳打上去。和張會長一樣，他的身體也被白光包裹，拳頭和藍光保護罩相遇的地方散發出長長的藍色射線。

「他們這是……」派恩站在一邊，驚異地看着這一幕。

「消耗藍光保護罩的能量。」海倫解釋道，「就像數學中的正負相抵，他們耗費自己的能量抵消藍光保護罩的能量。」

「那我們……啊，是你們……」派恩指着海倫和本傑明，「也去幫忙呀，耗盡保護罩的能量就能衝進去了。」

「資深魔法師才能這樣做。」海倫搖了搖頭，「我們這點能量，半分鐘就會被耗光，恢復起來要一個月以上。」

「博士他們的能量耗費很大，不過也很有效。」保羅在一邊很擔憂地說，「你們看，射線開始變短了。」

的確，這幾分鐘的能量抵消耗費了南森和張會長大量的能量，拳頭和保護罩相遇處的射線開始變短，籠罩着他倆的白光也比剛才暗淡了一些，不過藍光保護罩散發的藍光也開始變淡了。

「嗨——」南森和張會長死死地用拳頭抵着保護罩，他倆的面色越來越沉重，顯得非常吃力的樣子。

海倫在一邊看得很着急，她知道，兩人此時已經耗費了自身大量的能量，身體開始變得虛弱起來，這種能量抵消不知道要進行到何時，根據她掌握的知識，藍光保護罩最終的失效是藍光全部熄滅，但此時藍光只是變淡。

本傑明在一邊急得都想跳起來了，他也看出南森和張會長身體似乎開始吃不消了，但是他也毫無辦法。

「嗖」的一聲，巫師突然從住所裏穿牆竄出來，他依舊戴着連衣帽，低着頭，出來後就想逃走。

海倫有所防備，看到巫師出來，飛身上去，一腳就踢

在巫師的腰上，巫師的身體重重地撞在牆上。

「吼——」保羅攔在巫師面前，嘴裏發出怒吼的聲音，眼睛死死地盯着巫師。

巫師還沒起身，派恩一拳也砸了過去，巫師伸手一撥，派恩的身體橫着飛了出去。大門前，南森和張會長看到巫師衝了出來，立即收回拳頭，雙雙向巫師衝去，一起揮拳打下去。站起來的巫師用拳一撥，兩人居然和派恩一樣，身體飛了起來。

「我們來——」海倫說着上前一步，大聲喊道，她知道南森和張會長的能量耗費很大，短時間難以恢復。

本傑明跨上一步，身體護在南森和張會長前，他對着巫師揮手就是一拳，巫師也不躲避，伸拳迎面相擊，本傑明有所準備，他知道硬碰不行，拳頭收回，一腳踢在巫師的腳上，巫師沒有防備，當即被踢倒在地。

本傑明很是得意，飛身上去，居高臨下用腳踩向巫師，巫師也不躲避，本傑明踩下去，就像是踩在了石頭上，身體反倒被彈起。

派恩已經爬了起來，他大喊一聲再次衝上去，一拳就砸在巫師背上，隨後他大叫一聲，巫師沒事，反而他的手像是要斷了一樣，連忙捂着手退到一邊。

巫師起來想逃走，南森急忙去攔，巫師伸手就是一掌，南森不敢去碰，連忙閃身。

「博士——閃開——」海倫説着衝了過來，她正面攔住巫師，雙拳一起出擊。

巫師用手一撥，海倫就被他打到了一邊，這時，本傑明飛撲過去，從身後死死地抱住了巫師的腰，派恩也飛撲上去，抱住了巫師的腿，巫師連忙用手去推本傑明，海倫見機上去又是一拳，打在巫師的頭上，巫師腦袋歪了一下，他大喊一聲，用力一甩，本傑明和派恩都被他甩開了。

南森和張會長衝上去，揮拳猛擊巫師，他倆的拳頭這次打中了巫師，但是巫師什麼反應都沒有，兩人則倒退了幾步，幾乎摔倒。

眼看巫師要跑，海倫跳到巫師正面，一腳踢去，巫師閃身躲過，一拳砸在海倫身上，海倫慘叫一聲，覺得自己的身體都要斷裂了。巫師冷笑一聲，奪路就跑。

「吼——」保羅吼叫着，跳到的巫師面前，保羅聽南森說巫師害怕槍械，所以把後背上的導彈發射架彈出，導彈的彈頭直直地對着巫師，大有和巫師同歸於盡的架勢，其實距離這麼近，發射導彈會傷及現場所有的人。

巫師看到那幾枚導彈，頓時一愣，臉上露出極大的恐懼。這時，保羅的眼裏射出兩道紅光，一起聚焦到巫師的臉上，巫師以為保羅要發射了，嚇得連忙穿牆進入住所。派恩看他進去，急忙想跟進去，但是保護罩「呀」的一聲，藍光一閃，派恩被電得渾身發出藍色的電光，還有黑煙冒出，身體也被重重地彈到對面牆上，然後掉在地上，痛苦地叫了起來。

「笨蛋！」本傑明上前扶起派恩，「還好嗎？」

「你要是覺得我這個樣子算好……」派恩指着自己被熏黑的臉，「那就算好吧。」

「這傢伙一定知道藍光保護罩被我們耗費了能量，防護能力堅持不了多久了。」南森指着大門説，「所以他也急着逃走了，張，馬上給守在美辰大廈10樓的魔法師打電話，叫他們注意，巫師從我們這裏被堵住，可能會從他們那邊逃走，叫警方帶着槍上去，這傢伙怕槍彈。」

「放心吧，那邊的上上下下都是我的人。」張會長説着拿出電話，「他能力再高，八、九個魔法師他也對付不了。」

張會長説完撥通了電話，説了一會，他把電話掛上。

「南森，我的人説他拉開窗簾向外張望，看到魔法師

守在對面和樓下，又把窗簾拉上了。」張會長興奮地說，
「他這是急着想跑。」

「對。」南森點點頭。

第十一章　鏡子攻擊

這時，午後的一束陽光從走廊窗戶裏射在地面上，南森看了看那陽光，隨即走到窗邊，把身體探出窗戶，看了看天空中的太陽。

「張，快，給你的人打電話，叫守在美辰大廈那邊的四名魔法師過來。」南森的語速飛快，他拍拍保羅，「老伙計，守在這裏，導彈對着1005室的大門！」

保羅答應一聲，張會長也打完了電話，說樓上樓下一共抽調了四名魔法師，馬上趕來。南森把大家都叫到轉角處，壓低了聲音。

「我有辦法了，增援趕到後，我們去美辰大廈10樓，下樓後我會讓警方去找幾面鏡子，放心，最多一小時，一切就結束了！」

海倫他們當然不是很懂南森的意思，此時也不是南森詳細解釋的時候，不過只要聽南森的，就一定沒錯。這時候，四名魔法師匆匆趕到。

「保羅，你留在這裏。」南森走到保羅身邊，壓低聲

124

音叮囑道,「你要不時地叫幾聲,讓裏面的傢伙知道你在這裏。」

「好的。」保羅點點頭。

南森走到那四名魔法師面前,告訴他們守在門前,等他的電話通知。隨後,南森帶着大家下了樓,來到樓下,南森叫警察立即去找幾面鏡子,隨後,南森他們進了美辰大廈。

他們來到美辰大廈的10樓,那裏有三名魔法師監視着對面巫師家,下面的小巷裏,有兩名魔法師守在那裏,仰視着上方。

「鏡子送來以後,聽我的指揮。」南森説着睞着眼向天空中看了看,下午的陽光照射着這個窗戶。

對面的巫師家的窗戶,窗簾拉着,裏面似乎毫無聲息。

「博士,你有什麼辦法?」派恩看這時只是等待,連忙問道。

南森為什麼要警察找鏡子呢?

125

　　「巫師急着逃走，大門那裏有能使用導彈的保羅，他不會再從那個方向跑了。他住宅的地板和天花板都有我們的無影鋼鐵牆，剛才他也耗費了很多魔力，要從那兩個方向出來也不容易，唯一的出路是那裏。」南森説着指了指巫師家後窗，特別注意壓低聲音，「他始終把衣服上的連衣帽戴在頭上，現在可不算冷，而且巫師也不怕冷，他一定是怕陽光的直射，因為我和他交過手，他身上的魔性極大，而陽光正是對付魔性大的傢伙的最強大武器，只要他拉開窗簾，我們就用鏡子把陽光射進去，導彈炸不開保護罩，但是陽光能穿透進去！他要是逃跑，一定會先把窗簾拉開看外面的情況。」

　　「這可是太好了！」本傑明和派恩聽到這個計劃，高興得差點跳起來。

　　「博士，那你是怎麼發現那個巫師的呢……」海倫問。

　　這時，兩個警察送上來五面鏡子，三面較大，兩面小一些，南森也顧不上和大家解釋怎麼發現巫師的了，他很滿意，這五面鏡子就足夠了。

　　「現在我們的行動開始。」南森看着對面的窗戶，拿出了手機。

南森先是叫小巷裏的兩名魔法師撤到巷外，不要讓巫師看到。隨後，他撥通了守衛1005室門口的魔法師的電話，做出安排——兩名魔法師使用能量拳，抵消藍光保護罩的能量，另外兩名魔法師要大聲説話，內容就是藍光保護罩能量馬上要耗盡，與此同時，保羅要站在門口大叫，提醒裏面的巫師，他就在門口。

守衛在1005室的兩名魔法師立即照做，擊打出能量拳，消耗藍光保護罩的能量，保羅則在一邊大叫着。

南森自己拿了一面大鏡子，另外四面給了張會長、海倫、本傑明和派恩。他們一直看着巫師的後窗。

「放心吧，用不了多久，他就會出來。」南森説，「把鏡子放到窗台下，不要讓他看見。」

大家都按照南森的吩咐，把鏡子放在窗台下。

1005室門口，藍光保護罩散發的光又變得淡了很多，保羅不停地叫着，兩名魔法師的能量消耗也很大。

「他還不跑呀？」派恩有些着急了，他看着手裏的小鏡子，「再不出來太陽就照不到這邊了……」

「話真多！」本傑明瞪了派恩一眼。

「這麼小的一面鏡子，我都發揮不了能力了，我可是天下第一超級無敵魔幻……」

　　「注意，窗戶那裏有人影。」南森突然説，此時他的透視眼功能仍被嚴重阻隔干擾，但藍光保護罩的能量正逐步被耗費，他隱約能看到些影像了。

　　巫師窗戶的窗簾忽然被拉開了，巫師出現在窗邊，他帶着連衣帽，看了這邊一眼，發現了南森他們，不過他根本就不害怕，縱身一躍跳上窗台，向樓下看了看，發現小巷裏沒有魔法師，頓時顯得很高興，看樣子就要穿窗跳樓了。

　　「照——照——」南森突然大喊，拿出鏡子把午後的陽光反射到巫師身上。

　　「啊——」巫師慘叫一聲，連忙用手捂着臉。

　　「唰——唰——唰——」另外幾面鏡子一起照射過去，巫師這次連叫都沒叫，翻身倒下了窗台。

　　「巫師受了重創。」南森説着看看身後的三名魔法師，「你們繼續守在這裏，我們去那邊。」

　　説完，南森帶着大家再次來到仁德大廈。

　　兩名魔法師繼續在抵消着藍光保護罩，南森叫他們撤下來，他看到藍光保護罩的射線變得接近白色了，它的能量基本耗盡，南森帶着滿意的表情點點頭。

　　南森叫來保羅，從他的身體裏又取出一枚導彈，隨

後叫大家退到轉角處，他又找來一個箱子，把箱子靠近大門，把導彈放在箱子上，然後也來到轉角處。

「大家注意，這次起爆後大門會被炸開。因為我耗費了很多能量，本傑明、海倫，你們帶隊往裏衝，進入後去左邊那個房間，巫師就倒在那裏。」南森布置道，「都聽見了嗎？」

「是！」大家一起回答。

「老伙計，準備。」南森擺擺手，「一、二、三、起爆！」

「轟——」的一聲，保羅起爆了1005室門口的導彈。導彈爆炸後，藍光保護罩毫無抵抗地被炸穿，整扇門被炸得飛進室內去。

「衝——」本傑明大喊一聲，衝進了1005室，海倫緊跟在他的身旁。

衝進去後，本傑明直奔左側的房間，他突然停住，只見巫師正在房間的窗邊掙扎着，面部表情很是痛苦，看到本傑明他們衝進來，巫師立即掙扎着坐在地上。

看着基本沒有抵抗能力的巫師，本傑明掏出了綑妖繩，還沒等他拋出，「呼」的一聲，巫師的身體裏跳出一隻大蜘蛛，蜘蛛落地後，身高幾乎接近兩米，牠極為張狂

地揮舞着長腳，要撲向大家。

　　海倫上前一步，蜘蛛對着她就吐出一團絲，這團絲轉瞬間就包裹住海倫，隨後，蜘蛛對着進來的每一個人都吐出一團絲，每個人都被蛛絲包裹住了。海倫用力一扯，蛛絲全部被扯斷，大家都用力去扯蛛絲，唯有派恩被包裹住後在那裏閉着眼睛亂揮手臂。

　　「嚓——」的一聲，海倫唸了句口訣，她的右手臂變成了一把長長的彎刀，她上前一步，揮刀就把蜘蛛最前面的一隻腳砍斷，蜘蛛大叫了一聲，身體向後退了一步，海倫緊逼一步，揮手又斬斷了牠另一隻腳。

　　蜘蛛痛苦地叫着，身體完全縮回到巫師的身體裏。巫師本是坐在地上，蜘蛛縮進去後，他當即躺在地上，身體微微發顫。

　　「啊——啊——」大家都扯斷了蛛絲，派恩也一樣，但是他閉着眼睛，不知道自己已經把蛛絲扯斷了，「我被纏住啦——」

　　「好了，小神探。」本傑明在他耳朵邊大喊一聲。

　　「啊？」派恩睜開眼睛，看到蛛絲被自己扯斷，高興極了，「我真是無敵，我真是小神探……」

　　南森走到巫師面前，本傑明上來想綑住巫師。

　　「不用了。」南森擺擺手，「蜘蛛和他是一體的，現在他們全都沒了能量，攻擊力接近零了。」

　　巫師倒在那裏，身體繼續顫動着，南森叫海倫給他喝點水，他要審問這個巫師。

　　「博士，你是怎麼看出來他就是巫師的？」本傑明這次可以沒有干擾地問了，「剛才你走到這座大廈的門口突

然就説發現了巫師，巫師自身不會有魔怪反應，我用幽靈雷達也探測不出，難道你見過他嗎？」

「見過兩次，加上這次是第三次。」南森微微一笑，「都是在謝斐道上。你們看他穿的藍色運動鞋，款式比較少見，我們第一次在謝斐道勘查小巷，他就在人羣裏，我在不經意的一個瞬間，看到了這雙鞋，但是當時沒注意，這是第一個瞬間，也是我事後回憶起來的。第二次是外賣送遞員被襲擊後，我們又來勘查現場，當時他還是穿着這雙鞋在圍觀，我經過他的時候，他往後退，還碰到了一個人，有些小爭執，我順便看了一眼，看到了這雙鞋，當時他還是戴着連衣帽，不過我也沒有注意這些，這是第二個瞬間。第三個瞬間，就是剛才在仁德大廈門口，他在人羣中看着我們，我看到了他，還是這雙少見的藍鞋，還是戴着連衣帽，這是第三個瞬間，不過，最關鍵的不是這點……」

「那是什麼？」本傑明着急地説。

「每次都是這雙鞋，還都戴着連衣帽，你們應該知道，這種不冷的天氣戴連衣帽，是為了遮蔽陽光，還有路燈的光，所以他晚上也要戴連衣帽。」南森輕蔑地笑了笑，「最關鍵的是，每次這雙鞋都沒變，但是連衣帽裏的

　　臉都不一樣，如果三張臉都一樣，我會認為這是一個喜歡看熱鬧的居民，但是三張臉都不一樣，這反倒引起我的懷疑，我的直覺判斷，那穿藍鞋、戴着連衣帽的人，是一個會變化的巫師，他每次都出來圍觀，是為了觀察我們的動向，不過他不想被我們看到他每次都出現，所以每次都變換面孔，但是那雙鞋，他疏忽了！」

　　「啊，原來是這樣！我說呢，他現在這個樣子和在大廈門口不一樣呀，現在是他真正的樣子！」本傑明頓時叫了起來，「他要是換了那雙鞋，那你就不會察覺出來了。」

　　「這就叫『聰明反被聰明誤』。」南森說着看了看巫師。

　　巫師喝了水，稍微恢復了一些，剛才的陽光直射，給了他沉重的打擊，他聽到了南森的話，此時也是懊悔不已。

　　一名警官走來，遞給張會長一張紙，張會長看了看，把南森拉到一邊。

　　「警方找到的資料。」張會長說，「1005室的住戶，柯世文，48歲，無業，曾在法國住過五年，現有資料大概就這麼多。」

「馬上就會多起來了。」南森走到巫師面前，蹲下，「柯世文，我是叫你柯世文呢？還是叫你蜘蛛怪呢？」

「隨便。」巫師看也不看南森，「你厲害，你厲害。」

「柯世文已經死了吧？你控制了他的身體？」南森問道。

「死了，死了。」巫師還是不看南森，「別問那麼多了，你贏了，殺了我吧。」

說着，巫師大口地咳嗽起來。南森拿過一瓶水，給他喝了下去，巫師猛地把那瓶水都喝完，南森又給他喝了一瓶。

巫師恢復了一些，南森一直蹲着，看着巫師。

「你是怎麼鑽進他的身體的？」南森又問道。

「我……我就是柯世文養的毒蜘蛛，柯世文在法國學過巫術，他就是個巫師，他從我身體裏提取毒液，他還給我吃魔藥，結果我變成了魔怪，但他不知道。二十年前我趁他不注意，殺了他，鑽進他的身體，控制他，我就變成了柯世文，這就是經過，問完了沒有？」巫師一口氣說道，「你快點殺了我吧。」

「為什麼殺高志勝，就是小巷裏的那個人，還有那個

135

警察？」

「他故意撞我，還說我撞了他，向我要錢，很難纏，我看看前後沒人，中午時分，我不想在外面呆很久，陽光那時是最屬害的！」巫師大聲地說，「我就想索性把他殺了，於是我就殺了他，但是來了一個警察，我就連警察一起殺了。」

「警察射中了你？」

「是的。」

「殺害警察後你穿牆進了仁德大廈，回了家？」

「是的。」

「我們每次來，你都出來觀察我們的進展，還改變了面貌？」

「是的。」

「為什麼殺送外賣的人？」

「他跟着我一百多米，我以為是魔法師或是警察，就把他殺了！」

「你不覺得他死了嗎？怎麼跟到醫院去的？」

「我聽見你們的對話了，用順風耳聽到的。剛開始我以為他死了，用閃電手攻擊他後，正好有人經過，我蛛絲也沒收回就跑了。後來我回到現場，聽到你們說他沒死，

在醫院裏，還派兩個魔法師去保護他，我跟着魔法師去醫院的，否則我也不知道是哪間醫院。」巫師語速越來越快，「我攻擊那外賣送遞員的時候，沒有變化面孔，我不知道他認不認識我，我一定要殺了他，去醫院後我就找個魔法師鬆懈的機會動手了，但是被發現了……你問完了沒有？」

「這樣説……」南森站了起來，看了看張會長，「我們確實有失誤，在大街上對話，被他聽到了，他可是一直在暗中觀察案件進展的。」

「剛才我們小聲説話，他好像也沒聽到。」本傑明想起了什麼，問道。

「藍光保護罩的作用。」南森説道，「我們聽不到看不清裏面，同樣，他也聽不到看不清外面，這是雙向的。」

「噢，明白了。」

「最後兩個問題。」南森盯着巫師，「接連作案，你怎麼不走？」

「我以為把人都殺了，沒人認出我！」巫師沒好氣地説，他指了指隔壁房間，「那邊煉製着魔藥，煉製期間無法移動，那是能讓我能量增強一倍的魔藥，半個月後才煉

製完，我不想走。我被跟蹤球跟蹤後，回家拿了魔藥，想走卻被你們堵住了！」

「這麼多年了……」南森説，「你沒有作過案？害過人？」

「沒有，再過十年，我就完全和柯世文合體了，我就是真的柯世文了，到時候我想幹什麼就幹什麼！」説完，巫師把眼睛閉上，再也不説話了。

「還有一個問題，我也不問他了。」南森説着站了起來，「他和巫師合體了，一般呈現的是巫師的形態，所以對槍械就比較害怕，因為巫師的身體特徵還是人類的。保羅在小巷裏獲取的血跡體現了巫師和魔怪的特徵，其實這是因為合體造成的。」

大家都點着頭，南森走到一邊，他基本上問了想知道的問題，短時間內，他也不想再問問題了。

兩個魔法師走過來，架起巫師，把他帶走了。

尾聲

一艘行駛在維多利亞港的觀光船上，傳出了一片歡笑聲。

十幾個孩子把派恩圍在船舷邊，都用羨慕的眼光看着他。派恩則是得意洋洋，身體就像是飄起來一樣。

「……我是在電視上看到你的，你的樣子真是威武，沒想到你和我們一樣大，就能抓魔怪了……」一個女生激動地說。

「我是在報紙上看到你的。」一個胖胖的男生說，「我媽媽當時就說，看那三個小魔法師，好厲害……」

「主要是我厲害，他們都比我大呢。」派恩他們上到觀光船沒多久，就被一羣也在船上觀光的小學生認了出來，「我是天下第一超級無敵魔幻小神探……」

「小神探先生，當魔法師很難嗎？我也想當魔法師。」一個戴眼鏡的孩子急着問。

「難，當然難，不過對我來說就沒什麼，誰叫我是天下第一超級無敵魔幻小神探呢。」

「學習魔法枯燥嗎？當魔法師還有業餘生活嗎？我喜歡看電影。」那個戴眼鏡的男孩接着問。

「不枯燥，魔法師也有很多愛好的，比如⋯⋯」派恩眨了眨眼，「我就喜歡講笑話，你們聽過這個笑話嗎？晚上，幾隻螢火蟲聚集在一起，大家都在發光，唯獨一隻叫約翰的螢火蟲除外，大家問牠為什麼不發光⋯⋯」

「因為他上月沒交電費。」坐在一邊的本傑明大聲地説。

「轟──」那羣孩子轉身看着本傑明，都笑了起來。

「本傑明──」派恩跳了起來，氣呼呼地去抓本傑明。

「抓不着，抓不着。」本傑明躲在海倫身後，隨後繞着海倫跑。

「你們──不要鬧呀──」海倫喊道。

「不抓你了，累死我了。」派恩沒抓到本傑明，索性不抓了。

「來呀，來呀。」本傑明躲在遠處，向他做鬼臉。

「博士，張會長，下船後，我還要去旺角吃東西。」派恩走到南森身邊，大聲説。

「昨天你都吃到扶着牆走了。」張會長笑着説。

「可還有那麼多店我還沒吃呢……」派恩大聲地説。

「我也要——」本傑明聽到這話，跑了過來，「那種菠蘿包，我要帶幾個回酒店吃……」

「抓到你了。」派恩説着抓住了本傑明。

「別鬧，別鬧——」本傑明努力掙脱着。

看到這一幕，南森和張會長都笑了起來。

麥克警長，蘇格蘭場（倫敦警察廳）高級督察，南森和警方的聯絡人，也是一名大偵探，屢破奇案。當然，他所偵辦的都是人類世界中的案件。一起來看看他偵辦過的案件，運用你的推理能力，想一想他是如何破案的呢？

失竊案

凱麗太太把自家在倫敦郊外的小別墅翻建成了一個家庭旅館，旅館一共三層，一到旅遊旺季，旅館每天都是客滿的。這一天，住在二樓的一個旅客，一早上起來就大叫大嚷，原來，因為天氣有些熱，晚上他開着窗戶睡覺，起來後發現自己的手錶、衣服口袋裏的錢包都不見了，一定是有人從窗戶進入房間偷走了這些東西，自己睡得太熟沒有發覺。凱麗太太連忙報警。

麥克警長帶着一組探員來到旅館，他們仔細檢查了大門，發現門沒有被破壞的跡象，盜竊者不是從門進入的，應該就是翻窗進來的。

麥克警長帶人來到旅館外，勘查了一樓外的地面和牆面，試圖找到攀爬痕跡。

「失竊的二樓房間下面其實就是我的房間，要爬上二樓就要經過我的窗口。」凱麗太太説，「我睡眠很淺，外面有一點點動靜就會被吵醒，可我昨晚什麼聲響都沒聽見。」

「不一定只有這一個入室路徑呀。我知道該查哪裏了……」麥克説道。

按照麥克的調查方向，警方果然找到了盜竊者。

請問麥克警長的調查方向是什麼？

答案：進入二樓不是重從一樓簷下的爬，從三樓情頂則方向爬下去進入二樓也有可能，所以麥克考慮往爬頂方向追查三樓的住客。

魔幻偵探所 28

謝斐道上的第三個瞬間（修訂版）

作　　者：關景峰
繪　　圖：陳焯嘉
策　　劃：甄艷慈
責任編輯：周詩韵
美術設計：李成宇
出　　版：新雅文化事業有限公司
　　　　　香港英皇道499號北角工業大廈18樓
　　　　　電話：（852）2138 7998
　　　　　傳真：（852）2597 4003
　　　　　網址：http://www.sunya.com.hk
　　　　　電郵：marketing@sunya.com.hk
發　　行：香港聯合書刊物流有限公司
　　　　　香港新界大埔汀麗路36號中華商務印刷大廈3字樓
　　　　　電話：（852）2150 2100　傳真：（852）2407 3062
　　　　　電郵：info@suplogistics.com.hk
印　　刷：中華商務彩色印刷有限公司
　　　　　香港新界大埔汀麗路36號
版　　次：二〇一八年三月初版

ISBN：978-962-08-7007-1
© 2016, 2018 Sun Ya Publications（HK）Ltd.
18/F, North Point Industrial Building, 499 King's Road, Hong Kong
Published and printed in Hong Kong